SV

Octavio Paz

Die andere Stimme

Dichtung an der
Jahrhundertwende

Aus dem Spanischen von
Rudolf Wittkopf

Suhrkamp Verlag

Die Originalausgabe erschien 1990
unter dem Titel *La otra voz. Poesía y fin de siglo*

Erste Auflage 1994

Gesamtherstellung: Offizin Andersen Nexö, Leipzig
Printed in Germany

Die andere Stimme

Vorbemerkung

Dieses Buch versammelt verschiedene im Laufe der letzten Jahre geschriebene Essays, die alle die Dichtung und ihre Situation in unserer Zeit zum Thema haben. Ich habe sehr früh begonnen, Gedichte zu schreiben, und sehr früh auch habe ich begonnen, über den Akt des Schreibens von Gedichten nachzudenken. Es ist eine höchst zweideutige Tätigkeit: eine Beschäftigung und ein Mysterium, ein Zeitvertreib und ein Sakrament, ein Beruf und eine Leidenschaft. Mein erster Essay datiert von 1941. Er war eine Meditation (vielleicht wäre es richtiger, ihn wegen seiner Inkohärenz ein Umherschweifen zu nennen) über die beiden Extreme der dichterischen und menschlichen Erfahrung: die Einsamkeit und die Gemeinsamkeit. Ich sah sie in den Werken zweier Dichter personifiziert, die ich in jenen Jahren mit Hingabe las: *Lágrimas de un penitente* (auch genannt: *Heráclito cristiano y Segunda harpa a imitación de David*, 1613) von Quevedo und *Cántico espiritual* von San Juan de la Cruz. Später schrieb ich ein ganzes Buch, *El arco y la lira* (1956)*, auf das weitere Essays folgten und, noch viel später, ein weiteres Buch, *Los hijos del limo* (1972)**. In diesem letzteren beschäftige ich mich mit der modernen Dichtung von der Romantik bis zum Symbolismus und den Avantgardebewegungen. Die Essays, die ich nun veröffentliche, sind eine Fortsetzung des letzten Teils von *Los hijos del limo*, der

* Deutsch: *Der Bogen und die Leier.* Poetologischer Essay. Frankfurt/M. 1983.

** Deutsch: *Die andere Zeit der Dichtung.* Von der Romantik zur Avantgarde. Frankfurt/M. 1989.

vom Ende der Avantgarde und der Situation der Dichtkunst heute handelt. Wir erleben nicht das Ende der Dichtung, wie einige gesagt haben, sondern einer dichterischen Tradition, die mit den großen Romantikern begann, mit den Symbolisten ihren Höhepunkt erreichte und mit den Avantgardebewegungen unseres Jahrhunderts ihr faszinierendes Ende fand. Eine andere Kunst beginnt.

Man hat die gegenwärtige Periode »postmodern« genannt. Ein irriger Name. Wenn unsere Epoche »postmodern« ist, wie werden dann unsere Enkel die ihre nennen: postpostmodern? Man ist allgemein der Ansicht, daß das Gesamt von Ideen, Glaubensanschauungen, Werten und Praktiken, die charakterisieren, was man die Moderne genannt hat, heute eine radikale Veränderung erfährt. Wenn dem so ist, kann man diese Periode nicht einfach postmodern nennen noch so definieren. Was nach der Moderne kommt, läßt sich nicht so bezeichnen: es ist etwas von ihr Verschiedenes. Etwas, das bereits eigene Züge besitzt, obgleich sie sich erst herausbilden. Wie immer wurde der Bruch anfangs allein von einigen wenigen Geistern bemerkt; doch gleich nach dem Zweiten Weltkrieg zeichnete sich der Wandel deutlicher ab. Eins von vielen Beispielen: Das revolutionäre Denken hatte eine große Umwälzung, so unvermeidlich wie endgültig, in den am weitesten fortgeschrittenen Ländern prophezeit; in keinem von ihnen hat sich diese Vorhersage erfüllt. Dort, wo es Revolutionen gab, an der Peripherie des Okzidents, sind sie fast sofort erstarrt und haben sich in ebenso unerbittliche wie unwirksame bürokratische Despotien verwandelt.

Wir erleben heute den Bankrott der beiden Ideen,

welche die Moderne seit ihrer Geburt ausgemacht haben: die Sicht der Zeit als lineare, fortschreitende Abfolge auf eine immer bessere Zukunft hin und der Begriff des Wandels als die bevorzugte Form der zeitlichen Abfolge. Beide Ideen verbanden sich in unserer Konzeption der Geschichte als Bewegung auf den Fortschritt zu: die Gesellschaften verändern sich unaufhörlich, manchmal auf gewaltsame Weise, und jede dieser Veränderungen ist ein Schritt nach vorn. Die archetypische Zeit ist nicht länger die Vergangenheit und ihr chimärisches Goldenes Zeitalter; ihrerseits wurde die Zeit außerhalb der Zeit, die Ewigkeit der Engel und der Teufel, der Gerechten und der Verdammten, durch den Fortschrittskult verdrängt. Das Land der Verheißung war die Zukunft. Auf dem Gebiet der politischen Aktion manifestierte sich der Wandel als Idee der Revolution; im Bereich der Kunst und der Literatur als Idee der neuen Kunst, die sich auf den Bruch mit der unmittelbaren Vergangenheit gründet. Heute ist die Zukunft nicht länger ein Magnet, und die Konzeption der Zeit, auf die sie sich stützte und die sie rechtfertigte, verschwindet. Mit ihr verschwindet auch der große Mythos, der im 20. Jahrhundert so viele inspiriert hat: die Revolution. Ihr Ende fällt zusammen mit dem der künstlerischen und dichterischen Avantgarden. Das ist nicht verwunderlich: die moderne Kunst entstand als eine Antwort – Echo und Erwiderung zugleich – auf die Französische Revolution, mit der die Moderne beginnt; ihr Schicksal ist eng verbunden mit dem der revolutionären Idee.

Der erste Teil dieses schmalen Bandes besteht aus drei Essays. Im ersten beschäftige ich mich mit den Präzedenzien des extensiven Gedichts. Es ist eine dichterische Form, die in der Dichtung des 20. Jahrhunderts sehr erfolgreich gewesen ist. Ich will damit nicht sagen, daß die besten modernen Gedichte die Langgedichte sind; vielleicht trifft eher das Gegenteil zu: oft vermag die Intensität eines Gedichts von drei oder vier Zeilen die Mauer der Zeit zu durchbrechen. Aber die langen Gedichte – die von Eliot, Saint-John Perse und Jiménez, um drei hervorragende Beispiele anzuführen – waren Ausdruck unserer Epoche und haben sie geprägt. Der zweite Essay handelt von der modernen Dichtung und vom Ende der Tradition des Bruchs. Der dritte ist eine kurze Reflexion über die zwiespältigen und fast immer unglücklichen Beziehungen zwischen der Dichtung und dem Revolutionsmythos. Der zweite Teil des Buches untersucht die Funktion der Dichtung in der zeitgenössischen Gesellschaft. Er endet mit einer Frage und dem Versuch einer Antwort: Welche Stellung wird der Dichtung künftig zukommen? Meine Antwort ist mehr als nur eine Beschreibung und weniger als eine Vorhersage, sie ist ein Glaubensbekenntnis. Diese Seiten sind lediglich eine Variation, eine mehr, dieser *Verteidigung der Dichtung*, welche die modernen Dichter seit mehr als zwei Jahrhunderten unermüdlich schreiben.

México, 31. Januar 1990

Dichtung und Moderne

1.
Erzählen und Singen
(Über das extensive Gedicht)

> Se canta una viva historia
> contando su melodía.
>
> *Antonio Machado*

Was ist ein extensives Gedicht? Das Wörterbuch sagt, extendieren bewirkt, daß etwas seine Oberfläche vergrößert und mithin mehr Raum einnimmt. Extendieren bedeutet auch ausweiten, ausdehnen, erweitern und eine gewisse Strecke Landes einnehmen. In seiner ursprünglichen und primären Bedeutung ist extendieren ein Raumbegriff. Somit ist ein extensives Gedicht ein langes Gedicht. Wie in der Sprache die Worte sich aneinanderreihen, ist ein extensives Gedicht ein Gedicht mit vielen Zeilen, und seine Lektüre dauert lange. Raum ist Zeit. Aber wie lang muß ein Gedicht sein, um als ein extensives Gedicht betrachtet zu werden? Wie viele Zeilen?

Das Mahabharata hat über zweihunderttausend Verse; und ein Uta, von den Japanern als ein langes Gedicht betrachtet, hat um die dreißig oder vierzig Verse. Die *Soledades* von Góngora haben mehr als zweitausend Verse, Sor Juanas *Primero sueño* an die tausend und Dantes *Divina Commedia* fast fünfzehntausend. Dagegen zählt *The Waste Land* von Eliot nur vierhundertvierunddreißig Verse, Mallarmés *Un coup de dés* weniger als dreihundert Zeilen und *Muerte sin fin* von Gorostiza etwas mehr als sechshundert. Lang oder kurz sind relative, variable Begriffe. Die Anzahl der Verszeilen ist kein Kriterium: ein für einen Japa-

ner langes Gedicht ist für einen Hindu ein kurzes Gedicht; ein für einen Menschen des 20. Jahrhunderts langes Gedicht ist für einen Menschen der Barockzeit ein kurzes Gedicht. Man muß andere Elemente der Begriffsbestimmung finden.
Valéry sagte, das Gedicht ist die Entwicklung eines Ausrufs. Eine luzide Formel, die jedoch ihrerseits entwickelt werden muß. Im kurzen Gedicht gehen Ende und Anfang ineinander über: es gibt fast keine Entwicklung. Dagegen sind im Gedicht von mittlerer Länge Anfang und Ende unterscheidbar; wenn sie auch verschieden sind, jedes sein eigenes Gepräge hat, sind sie voneinander doch nicht zu trennen. Wir lesen die mittellangen Gedichte von der ersten bis zur letzten Zeile, nicht nur den Anfang oder nur das Ende. Wir können die Teile nicht isolieren. Auch im langen Gedicht haben die Teile keine völlig autonome Existenz, doch ein jedes existiert als Teil. Wir können keinen einzelnen Teil eines mittellangen Gedichts lesen, weil dieser Teil keine Bedeutung in sich selbst hat; dagegen hat im extensiven Gedicht jeder Teil ein Eigenleben. Beispiele: die Episode von Paolo und Francesca im *Inferno*, die der Begegnung mit Matelda in *The Earthly Paradise* von William Morris oder die »Usura Cantos« in Pounds Dichtung.
In der Poesie regiert das Prinzip der Vielfalt innerhalb der Einheit. Im kurzen Gedicht wird die Vielfalt auf Kosten der Einheit geopfert; im langen Gedicht erlangt die Vielfalt ihre Fülle, ohne die Einheit zu zerbrechen. So finden wir im langen Gedicht nicht nur die räumliche Ausdehnung, die ein wechselndes Maß ist, sondern auch höchste Vielfalt in der Einheit. Im extensiven Gedicht gibt es zudem eine weitere doppelte Forderung, die mit der Regel der Vielfalt inner-

halb der Einheit eng verbunden ist: Überraschung und Rekurrenz. In allen Gedichten ist die Rekurrenz ein Hauptprinzip. Das Metrum und seine Akzente, der Reim, die Epitheta bei Homer und anderen Dichtern, die Sätze und Inzidenzen, die sich wie musikalische Motive und Themen wiederholen, sind gleichsam Zeichen oder Markierungen, die die Kontinuität unterstreichen. Andererseits gibt es die Brüche, die Wechsel, die Erfindungen und schließlich das Unerwartete: die Domäne der Überraschung. Was wir Entwicklung nennen, ist lediglich die Allianz zwischen Überraschung und Rekurrenz, Erfindung und Wiederholung, Bruch und Kontinuität.

Auf seine einfachste und elementarste Form reduziert, ist das Gedicht ein Gesang. Das Lied ist weder Diskurs noch Erklärung. Im kurzen Gedicht – Jarcha, Haiku, Epigramm, Chüeh-chü, Copla – kommen die Antezedenzien und die meisten Umstände, welche die Ursache oder der Gegenstand des Liedes sind, nicht zur Sprache. Um aber Achilles' Zorn und seine Folgen zu *singen*, muß Homer dessen Heldentaten und die der anderen Achäer und Trojaner erzählen. Das Lied wird zur Erzählung, und ihrerseits wird die Erzählung zum Lied. In ihrer unmittelbarsten Form ist die Erzählung die Schilderung eines Ereignisses oder einer Geschichte. Das Gedicht erzählt uns etwas: die Geschichte der Helden. Das extensive Gedicht ist ursprünglich ein episches Gedicht. Aber die Geschichte der Helden ist auch die Geschichte der Götter und die Geschichte der Beziehungen zwischen beiden Welten, der heroischen und der göttlichen. Odysseus, Ajax, Gilgamesch, Äneas: Begegnungen, Kämpfe und Liebesabenteuer mit Göttinnen und Göttern. Das Mythische und das Heroische verschmelzen: der epische Stoff sind die Heldentaten und die Helden sind Halbgötter. Gibt es eine rein irdische Epik ohne Einmischung des Übernatürlichen und ohne die göttlichen Genealogien? Es heißt, der *Cantar de Mío Cid* sei ein realistisches Gedicht. Nein: der Realismus ist ein moderner Begriff, und das Gedicht des Cid ist ein mittelalterlicher Text, das heißt aus einer Epoche, in der gegenseitige Durchdringung dessen, was wir reale Wirklichkeit nennen, und des Übernatürlichen und Wunderbaren eine Konstante war. Die Epik grenzt einerseits an die Geschichte und andererseits an die Mythologie. Epik, Mythologie und Kosmogonie durchdringen einander ständig. Das epische Gedicht ist der leibliche Vetter des religiösen Gedichts. Seinerseits wandelt sich das religiöse Gedicht sehr bald zum philosophischen Gedicht. Es gibt Beispiele die Menge, von Parmenides bis zu Lukrez.

Das christliche Abendland führt eine doppelte große Neuheit ein. Das extensive Gedicht der griechisch-römischen Antike – sei es episch, philosophisch oder religiös – ist immer objektiv, und der Autor tritt in ihm nicht in Erscheinung. Vergil erzählt uns von den Taten und Liebesabenteuern des Äneas, Parmenides sagt uns, was das Sein und was das Nichtsein ist, Hesiod berichtet von den vier Zeitaltern der Erde. In allen diesen Gedichten wird die Objektivität der Erzählung nicht verletzt, noch ist das Thema des Lieds die Person des Dichters. In der christlichen Dichtung taucht ein neues Element auf: der Dichter selbst als Held. Die *Divina Commedia* ist ein Gedicht, in dem sich alle früheren Gattungen – die epische, mythische, philosophische – vereinigen und in dem eine Geschichte erzählt wird. Das Thema des Gedichts ist nicht die Rückkehr Odysseus' nach Ithaka oder die Abenteuer des Äneas: es erzählt die Geschichte der Wanderung eines Menschen in die jenseitigen Welten. Dieser Mensch ist kein Held wie Gilgamesch, sondern ein Sünder – und noch mehr: dieser Sünder ist der Dichter selbst, der Florentiner Dante Alighieri. Das antike Gedicht ist unpersönlich; mit Dante tritt das Ich in Erscheinung.

Ein großer Wandel: Die erste Person Singular wird zum Protagonisten des extensiven Gedichts. Dies war möglich, weil die *Divina Commedia* ein allegorisches Gedicht ist, und darin besteht die zweite große Neuheit des christlichen Gedichts. Die Schilderung des Umherschweifens von Gilgamesch und seiner Fahrt über die Wasser des Todes ist einer der schönsten und tröstlichsten Texte der Weltliteratur – es ist das Lied des Bewußtseins vom Tode –, doch in keinem Augenblick kann die Episode als eine Allegorie betrachtet werden: die Wanderung des Helden ins Land der Unsterblichen, so phantastisch sie uns erscheinen mag, stellt sich dar als eine völlig reale Tatsache. Ebensowenig sind die Gesänge, in denen Homer und Vergil uns Odysseus' und Äneas' Begegnungen mit den Toten erzählen, allegorisch. Dagegen ist die Wanderung Dantes in die drei Reiche eine dreifache Allegorie: der Geschichte Israels, die der Inbegriff der Geschichte des Menschengeschlechts ist; der in den Evangelien erzählten Geschichte, die die Geschichte der Erlösung der Menschen ist; und der Geschichte Dantes, die eine Allegorie der Geschichte aller Sünder ist … Eine Allegorie der Geschichte von der Errettung durch die Liebe: des Christentums.

In vielen Passagen der *Vita nova* sagt Dante zum Beispiel: *Amor sagte mir*, *Ich sah Amor kommen* …

Das heißt: er sieht und hört die Liebe; er spricht von ihr nicht so, als wäre sie eine Leidenschaft, sondern eine Person. Doch im selben Buch, in dem Kommentar eines seiner Gedichte, schreibt er: »Manchen wird es verwundern, daß ich von Liebe nicht nur spreche, als wäre sie eine Sache an sich oder ein geistiges Wesen, sondern als wäre sie ein körperliches Wesen, was ja wirklich falsch ist. Liebe existiert nicht als Wesen an sich, sondern sie ist ein Akzidens eines Wesens.« Zum besseren Verständnis dieser Passage muß man sich vergegenwärtigen, daß es der mittelalterlichen Doktrin nach geistige und unkörperliche Wesen wie die Engel gibt, des weiteren Wesen ohne Geist wie die stofflichen Elemente, sodann Wesen, die beseelt sind von einer vegetabilischen oder animalischen, aber irrationalen Seele, und schließlich Wesen, die körperlich und geistig sind: die Menschen.* Obgleich Liebe weder ein himmlischer oder dämonischer Geist noch reine Materie ist, ist sie auch keine Person. Was ist sie dann? Sie ist ein Akzidens eines körperlichen und geistigen Wesens; keine Person, sondern etwas, das einer Person widerfährt: eine Leidenschaft, ein Gefühl. Doch Dante beschreibt dieses Akzidens, das der Form entbehrt – obgleich es in der Vorstellung eine Form annimmt –, als wäre es wirklich eine Person: er personifiziert die Liebe. Später erklärt er, daß es ein den Dichtern zugestandenes Vorrecht ist, die Liebe mit den Attributen des Menschen zu versehen. Seit der Antike, sagt er, gebrauchen die Dichter »rhetorische Figuren und Farben, um von den unbeseelten Dingen zu sprechen, als besäßen sie Gefühl und Vernunft ...« Liebe ist eine Sprachfigur.

* Siehe die Anmerkung von André Pézard zu *Vita nova XXV* (Nagel, Paris 1953).

Mittels der Personifizierung baut der Dichter eine Brücke zwischen dem Unsichtbaren und dem Sichtbaren, der Idee und dem Ding, der Abstraktion und dem Gegenstand. Liebe, Neid und Zorn sind Leidenschaften, die sich durch ein sprachliches Verfahren in Personen verwandeln, nicht in solche aus Fleisch und Blut, sondern in imaginäre. Die Verkörperung ist ein Moment der Allegorie. Die verschiedenen Verkörperungen – Liebe, Neid, Keuschheit, Gerechtigkeit, Zorn, Mäßigkeit – sprechen miteinander, wie Männer und Frauen sprechen; wie diese vereinigen und trennen sie sich, verbünden und streiten sie sich. Es gibt jedoch einen Unterschied: gleich welche Gestalt sie annehmen, sind die allegorischen Figuren nicht wirklich Gestalten, sondern Konfigurationen von Zeichen. Sie sind ihrem Wesen nach Zeichen. Das Dreieck ist wesentlich seine Form, es kann auf eine geometrische und mathematische Proportion reduziert werden. Das gemalte Dreieck, das wir in einer mittelalterlichen Kirche sehen, ist nicht lediglich eine Form: es ist das Zeichen der Göttlichkeit. In der Allegorie ist die Distanz zwischen Wesen und Bedeutung aufgehoben: das Zeichen verschlingt das Wesen. Jedes Element der Allegorie – Gesicht, Körper, Gestus, Gewand – ist ein Attribut, und jedes Attribut ist ein Zeichen. Aber die Allegorie verbirgt uns eben das, was sie uns zeigt. Sie ist, obgleich sie eine körperliche Gestalt annimmt, nichts Gegenwärtiges noch etwas, das man mit den Augen und auf einmal erfaßt, sondern etwas, das man langsam und mit dem Verstand wahrnimmt: eine Allegorie sehen heißt, sie interpretieren. Wir kontemplieren die Formen der Welt, entschlüsseln die Allegorien.

Der geistige Charakter der Allegorie, der das Wesen

auf das Zeichen reduziert, zeigt sich auch in der Einstellung des Dichters zu seinem Werk. Im Unterschied zum romantischen Dichter, der sich der Inspiration überläßt, weiß der allegorische Dichter sehr wohl, wovon er spricht. Dante sagt klar und deutlich: »Es wäre eine große Schande, wenn ein Reimschmied, der seinen Ideen Gestalt gibt oder sie in die Farben der Rhetorik kleidet, es nicht vermag, wenn man ihn danach fragt, diese so zu entkleiden, daß man sieht, daß sie eine wahre Bedeutung verbergen.« Der Körper der Allegorie ist ihre Bedeutung. So sind Allegorien, obgleich sie sich als Bilder darstellen, in Wirklichkeit Schriften. Wie die Heiligen Schriften, Vorbilder aller anderen, verbergen die Allegorien mannigfache Bedeutungen. Im 2. Traktat von *Il convivio* (»Das Gastmahl«) nennt Dante seine Gedichte *Schriften* und zählt die vier Bedeutungen auf, die man ihnen entnehmen kann: die wörtliche, die allegorische (»die von einer schönen Lüge verblümte Wahrheit«), die moralische und die anagogische oder übernatürliche. Der Körper der Allegorie ist vierfältig und zugleich unfaßbar. Jede Bedeutung führt uns zu einer anderen, höheren, bis die letzte uns mit dem konfrontiert, was unsagbar ist und alle Bedeutungen übersteigt.

In dem gelehrten und intelligenten Buch *The Allegory of Love*, das C. S. Lewis diesem Thema gewidmet hat, warnt er uns vor einem Irrtum, dem man häufig erliegt: eine mittelalterliche Allegorie als ein Symbol zu lesen.* Die Allegorie und das Symbol sind

* Ich bin diesem Irrtum erlegen auf den Seiten, die ich vor über dreißig Jahren Dante und der *Vita nova* gewidmet habe (»Die Inspiration«, in *Der Bogen und die Leier*).

Geschwister, denn beide sind Manifestationen des analogischen Denkens; sowohl die Allegorie als auch das Symbol postulieren eine geheime Beziehung zwischen *diesem* und *jenem*, der Welt der Ideen und der der Dinge. Doch Lewis sieht einen fundamentalen Unterschied: »Der Äquivalenz zwischen dem Materiellen und dem Immateriellen kann sich der Geist auf zweierlei Weise bedienen ... Angesichts eines immateriellen Umstands, wie die Leidenschaft, die man spürt, erfindet man *visibilia*, um sie auszudrücken ... Empfindet man Zorn, stellt man sich ihn als Person mit wutverzerrtem Gesicht und einer Fackel in der Hand vor. Das ist es, was man Allegorie nennt.« Andererseits können wir unsere Leidenschaften auch als Kopie oder Abbild einer immateriellen Welt sehen. Dies war Platons Idee. Es ist eine Idee, die – obgleich uns nicht immer bewußt – jedem Symbolismus innewohnt. Durch die Kopie hindurch den Archetypus sehen, in der hiesigen Welt die jenseitige erahnen, sagt Lewis, »ist das, was ich Symbolismus oder Sakramentalismus nenne«. Für die Symbolisten ist die Wirklichkeit, die wir sehen, nicht ganz und gar wirklich; sie ist ein Symbol der anderen Wirklichkeit, der wahren: der Idee, der Essenz.

Die Allegorie war die bevorzugte Form der Dichter des Mittelalters, und ihr verdanken wir unter anderem *Le Roman de la Rose*. Obgleich Dante sein Gedicht als eine wahre Allegorie sieht, ist die *Divina Commedia* zum Glück noch mehr und vor allem etwas, das mit der zugleich obsessiven und spröden Arithmetik der Gattung nicht zu vereinbaren ist. In der Renaissance kommt die Allegorie allmählich außer Gebrauch. Es taucht das phantastische epische

Gedicht auf, in dem die Umstände und die Helden reine Fiktion sind. Das Meisterwerk dieser Gattung ist *Orlando furioso* (»Der rasende Roland«) von Ariosto, eine Versdichtung, die heute wenig gelesen wird, obgleich sie mit ihrer Feurigkeit, ihrem Tempo, der Mischung aus hoher Dichtung und Humor, Extravaganz und Mutterwitz ein außergewöhnlich modernes Buch ist. Ein lebendiges Buch. Mit der italienischen burlesken Epik – Boiardo und Ariosto – findet die Allegorie ihr Ende, und der Weg wird frei für den neuen Roman und für Cervantes. Im Roman waltet ein dem allegorischen Gedicht entgegengesetztes Prinzip: die Ironie. Das allegorische Gedicht zeigte die Korrespondenz zwischen der hiesigen und der jenseitigen Welt; die Ironie unterstreicht die Distanz zwischen Wirklichem und Imaginärem.* Italienisch ist auch das andere große Langgedicht der Renaissance: *La Gierusalemme liberata* (»Das befreite Jerusalem«) von Tasso. Das Werk ist nicht so dynamisch und farbig wie *Orlando furioso*, doch es ist ernster und nobler. Der Humor verwandelt sich in einen irisierenden Nebel: die Melancholie.
Weder die italienische epische Dichtung, die eine der bedeutendsten literarischen Schöpfungen Europas ist, noch die anderen großen Gedichte der Renaissance und der Barockzeit – *Os Lusíadas* von Camões, *The Faerie Queene* von Spenser, *Paradise Lost* von Milton – hatten Einfluß auf die moderne Dichtung.

* Ich habe versucht, das Thema der kontradiktorischen Beziehungen zwischen Analogie und Ironie in *Der Bogen und die Leier* zu behandeln (in dem Kapitel »Zweideutigkeit des Romans«), in *El signo y el garabato* (»La nueva analogía«), México, 1973, und in *Die andere Zeit der Dichtung* (»Analogie und Ironie«).

Dagegen wurden sie, vor allem Milton, von den romantischen Dichtern voller Hingabe gelesen. Zudem verehrten sie sie als Inbegriff des Dichterschicksals: Milton, blind und aufrührerisch; Tasso, verliebt, unter Wahnvorstellungen leidend und verfolgt. Die Gleichgültigkeit der modernen Menschen gegenüber der Epik der Renaissance und der Barockzeit rührt vielleicht daher, daß mit diesen Gedichten die Tradition des griechisch-lateinischen Humanismus sowie der Renaissance ihren Höhepunkt erreicht, während das moderne Zeitalter das Ende dieses ästhetischen Kanons bedeutet. Trotzdem ist dieses Desinteresse zu bedauern. Die *Mutability Cantos* von Spenser zum Beispiel verdienen es, nicht mit den Augen der literarischen Archäologie gelesen zu werden, sondern mit denen der Dichtung von heute. Sie sind trotz der Archaik ihrer Sprache modern, sowohl durch ihr Thema – der Dialog zwischen Verwandlung und Identität, Wandel und Kontinuität – als auch durch die Lebendigkeit ihrer Redewendungen und Bilder. Größte Abstraktion, übersetzt in seine ihm eigenen, konkreten Worte. Die Natur, Mutter aller Geschöpfe, »immer jung und immer alt, / unbeweglich immer und immer in Bewegung, / niemand sieht sie und alle betrachten sie …« Camões neigt weniger zu Paradoxen und Philosophien; seine Sprache ist geradeso konkret wie die Spensers, doch seine Erzählweise ist schlichter. Sparsam in der Handlung und reich an Abschweifungen. Obgleich Camões uns fern ist, vermögen einige Passagen uns immer noch zu bezaubern, wie die Schilderung von Malabar und seinen Leuten, das Auftauchen des Riesen Adamastor, der verwandelt wird in das Kap der Guten Hoffnung (das der Dichter realistischer *Tormentario*, Kap der

Stürme, nennt), und schließlich die köstliche Episode auf der Liebesinsel.
Eliot hat Milton seine latinisierenden Wendungen und seine Eloquenz vorgeworfen. Eine überraschende Kritik, da Eliot ihm im Grunde ebendas vorwarf, was er selbst immer gepriesen hat: den Europäismus. Inkonsistenz? Vielleicht eher zwei entgegengesetzte Vorstellungen von Europa. Für Eliot konnte die europäische Tradition mit zwei Namen resümiert werden: Rom und Dante, das heißt die mittelalterliche christliche Ordnung; für Milton war Europa vor allem die griechisch-römische Vergangenheit, die Renaissance-Literatur, das reformierte Christentum und das neue Denken. Auf seiner italienischen Reise besuchte er Galileo, der ganz zurückgezogen lebte. Das Europa Miltons ist das Europa, das Eliots Europa spaltete. Das Mißverständnis zwischen der Generation Eliots und der Miltons ist das gleiche, das Michelangelo von Malern wie Matisse und Picasso trennt. Auch wenn Milton vierzig Jahre nach Michelangelos Tod geboren wurde, gibt es in ihren heroischen Gestalten eine gewisse Ähnlichkeit: sie sind Verkörperungen des Konflikts zwischen dem Christentum und dem Schönheitsideal des heidnischen Humanismus. In den Werken beider Künstler triumphiert der Renaissance-Archetypus des Menschen und der Natur: naturalistischer Idealismus. Trotzdem sind ihre Personen, obgleich sie die übermenschlichen Proportionen der Helden der Antike haben, von einer Dynamik erfüllt, welche die klassischen Vorbilder und die Werke der Maler und Dichter der ersten Periode der Renaissance nicht besitzen. Die Dynamik der Gestalten von Michelangelo und von Milton ist tragisch, denn sie ist eine Vision vom

Sturz des Helden in einen endlosen Raum. Das heißt: sie ist eine zugleich christliche und olympische Version des Mysteriums der Erbsünde.
Der Satan Miltons stürzt endlos, und, was schrecklicher ist, beim Sturz in den endlosen Raum stürzt er in sich selbst. Die Moderne beginnt mit der Entdeckung der doppelten Unendlichkeit: der kosmischen und der psychischen. Der Mensch spürte auf einmal, daß ihm buchstäblich der Boden unter den Füßen fehlte. Die neue Wissenschaft hatte den Raum einen Spaltbreit geöffnet, und durch diesen Spalt gewahrte das menschliche Auge etwas, das sich dem Denken widersetzte: das Unendliche. So erfuhr die heraufziehende Moderne durch ihre Dichter und Künstler ein neues Gefühl des Taumels. Dantes Welt war endlich, und deshalb konnte er die Geographie des Infernos, des Purgatoriums und des Paradieses entwerfen. Doch diese begrenzte Welt war ewig: die Menschen waren dazu bestimmt, von Ewigkeit zu Ewigkeit zu leben, auch nach dem Jüngsten Gericht, ohne irgendeine Wandlung zu erfahren. Die Ewigkeit hebt die Zeit und die Zeitfolge auf: wir werden für immer sein, was wir sind. Darin besteht der grundlegende Unterschied zwischen der mittelalterlichen und der modernen Welt. Der Christ des Mittelalters lebte in einem endlichen Raum und war für die Ewigkeit der Seligen oder der Verdammten bestimmt; wir leben in einem endlosen Universum und sind dazu bestimmt, für immer zu verschwinden. Untere Situation ist tragisch in einem Sinne, den weder der Held der Antike noch der Christ des Mittelalters ahnten.
Keines der spanischen Epen des 16. und 17. Jahrhunderts läßt sich mit denen, die ich angeführt habe, vergleichen. Lope de Vega schrieb, in Nachahmung von

Ariosto, *La hermosura de Angélica* (»Die Schönheit der Angelika«), und einige Jahre später rivalisierte er mit Tasso, indem er *Jerusalén conquistada* (»Erobertes Jerusalem«) veröffentlichte. Es sind zu Recht vergessene Versdichtungen. Lope de Vega schrieb auch eine *Gatomaquia* (»Der Katzenkrieg«), ein burleskes episches Gedicht, das von den Kämpfen und Liebeleien der Kater und Katzen auf den Dächern von Madrid erzählt. Seine Katzen sind allzu menschlich und seine Menschen allzu stereotyp. Und Alonso de Ercilla? Vor vielen Jahren drängte mich Neruda, der sich anschickte, seinen *Canto general* zu schreiben, einige Passagen von Ercilla zu lesen, den er bewunderte. Eine ebenso ermüdende wie rührende Lektüre. Ercillas Stil ist wie der Trott einer Reiterschwadron über eine weite Ebene. Indes wird diese Monotonie aufgewogen durch die Nüchternheit, den Realismus und eine gewisse männliche Noblesse. Die Verherrlichung des Feindes, des Kaziken Caupolicán, ist eine Lektion in dichterischer Moral, vor allem in unserer erbärmlichen Zeit, die die Besiegten für gewöhnlich aller Ehre beraubt.

Die Fabeln, an denen diese Jahrhunderte reich sind, könnten als Langgedichte betrachtet werden. Doch ihrem Charakter nach sind sie Episoden, die dem großen Buch der Mythologie entstammen. Fast alle sind von den *Metamorphosen* Ovids inspiriert. Die berühmteste von allen, Góngoras *Fábula de Polifemo y Galatea* ist eines der vollkommensten Gedichte der europäischen Dichtung, aber ist es ein Langgedicht? Es hat fünfhundertvier Verse: lang für uns, nicht für seine Epoche. Auch scheinen mir die *Soledades* nicht den Charakteristiken des Langgedichts zu entsprechen. Das Unterscheidungsmerkmal ist nicht allein

die Anzahl der Verszeilen, sondern auch die Entwicklung: die Trennung der verschiedenen Teile und deren Verknüpfung und Gliederung. Das Langgedicht muß eine doppelte Forderung erfüllen: die Vielfalt innerhalb der Einheit und die Kombination von Rekurrenz und Überraschung. Ich finde in den *Soledades* keine Entwicklung, sondern eine Ansammlung – mal blendend, mal langweilig und immer weitschweifig – von Fragmenten und Details. Schon lange wollte ich es sagen, und heute wage ich es: Die *Soledades* sind ein sublimes und gehaltloses Intarsien-Werk. Es ist ein Gedicht ohne Handlung und ohne Geschichte, voller Ausschmückungen und geschwätziger Umschweife; die ständigen Abschweifungen sind manchmal zauberhaft wie ein Spaziergang durch einen verwunschenen Garten, aber die Wiederholung von Wundern wirkt am Ende schal. Es gibt faszinierende Visionen und nichtssagende Scharaden: Welcher »Duft« ist es, der *»traducido mal por Egipto, / tarde lo encomendó el Nilo a sus bocas«*? (»von Ägypten schlecht übersetzt, / spät der Nil seinen Mündungen empfahl«) Kurz: kann man die *Soledades* mit Begeisterung lesen? Begeisterung ist das Merkmal der Dichtung, das Kennzeichen ihrer Geburt, ihr göttliches Feuer.
Bei den *Soledades* kann man von Komposition nicht sprechen. Komposition in dem Sinne wie die *Äneis* und die *Divina Commedia*, die *Coplas a la muerte del maestro de Santiago* und *The Prelude, or Growth of a Poet's Mind*, der *Song of Myself* und *Un coup de dés* komponierte Werke sind, gleich welcher Gattung sie angehören. *Polifemo*, für mich das beste Gedicht Góngoras, ist mit mehr Geschick konzipiert als die *Soledades*; vielleicht weil der korduanische Dichter in

diesem Fall getreulich Ovid folgte. Der Handlungsverlauf ist komprimiert und zügig wie bei dem lateinischen Dichter, aber die wahre Originalität Góngoras liegt in der wunderbaren Sprache und in seiner Sicht der natürlichen Welt als Paradies. Die Personen Góngoras beeindrucken uns durch ihr übermenschliches Maß, doch sein Polyphem bringt uns nicht, wie der Theokrits, zum Lachen, noch geht er uns nahe wie der Ovids: er setzt uns in Erstaunen. Gleiches gilt für Acis und sein unseliges Ende oder für die schöne Galatea und ihre Leidenschaft: sie versetzen uns in Bewunderung, ohne unsere Anteilnahme oder Emotion zu wecken wie andere Helden der Literatur. Sie sind weder Personen noch Persönlichkeiten: sie sind Figuren. Die Welt Góngoras ist nicht der Schauplatz der menschlichen Leidenschaften oder der Kämpfe und Liebesabenteuer der Götter. Sie ist eine ästhetische Welt, und ihre Geschöpfe, mit Worten erzeugt, sind Reflexe, Schatten, Geflimmer, reizende, ephemere Täuschungen. Was bleibt nach der Lektüre? Es bleibt eine in Sprache verwandelte Natur. Es bleibt die Pracht …

Der Einfluß Góngoras war immens. Er hat den Wortschatz bereichert und hat uns gelehrt, das, was wir sehen, auf eine zugleich ungewohnte und sinnliche Art zu sehen und zu kombinieren; dagegen gab er uns weder eine *Vision* vom Menschen noch von dieser Welt und ihren Überwelten. Auch hat er uns nicht gelehrt zu *komponieren*, in der Grundbedeutung des Wortes: mit verschiedenen Dingen ein Ganzes bilden. Góngora wurde oft nachgeahmt, doch sein Einfluß zeitigte kein erwähnenswertes Werk, ausgenommen *Primero sueño* (»Erster Traum«) von Sor Juana Inés de la Cruz. Das Gedicht der mexikanischen

Dichterin ist gongoristisch, und zugleich ist es die Negation Góngoras und seiner Ästhetik: es ist eine Vision der Welt und des in der Weite des Universums verlorenen menschlichen Geistes. Es ist ein wahres Langgedicht, mit einem Anfang, einer komplexen Entwicklung und einem unerwarteten, jähen Ende. Nichts in der Dichtung unseres 16. und 17. Jahrhunderts kommt ihm gleich. In der spanischen Dichtung jener Epoche ist *Primero sueño* ein solitärer Obelisk. Es ist ein Gedicht des Erkenntnisaktes und der Grenzen aller Erkenntnis. Ähnliche Visionen und Obsessionen findet man erst wieder in dem Gedicht *Un coup de dés* von Mallarmé und in manchen seiner Nachfolge in unserem Jahrhundert.

Obgleich wir in mehr als einer Hinsicht die Erben des 18. Jahrhunderts sind und dieses fortsetzen (nicht immer getreu: wir haben seine Toleranz und seine intellektuellen Umgangsformen vergessen), ist es uns, was die Dichtung angeht, ferner als das 16. oder 17. Jahrhundert. Mit dem Beginn des 18. Jahrhunderts ist die Moderne bereits ganz präsent, nicht jedoch die moderne Dichtung. Eher ist das Gegenteil der Fall: gegenüber der Dichtung des 18. Jahrhunderts war die romantische Dichtung eine Reaktion. Die Eigenschaften der Langgedichte des 18. Jahrhunderts stehen im Gegensatz zu denen, die wir in den Gedichten der Romantiker und Symbolisten schätzen. Der *Essay on Man* zum Beispiel ist ein wahrer Essay – luzide, ingeniös, elegant und vorzüglich komponiert –, aber ich frage mich, ob er trotz des bewundernswerten Versbaus nicht in Prosa hat geschrieben werden können. Miltons Eloquenz ermüdet uns, und seine langen und komplexen Perioden machen uns schwindlig; doch in dem Augenblick, da wir im Begriff sind, das Buch zu schließen, fasziniert uns eine jähe geistige Perspektive, die sich plötzlich vor unseren Augen auftut. Es ist, als ob der Vorhang der Wirklichkeit zerrisse und wir die *andere Seite* sehen könnten. Blake sagte, daß Milton »ein wahrer Dichter (war) und auf der Seite des Teufels stand, ohne es zu wissen«. Seither hat Satan eine Gestalt angenommen, die etwas vom altruistischen Heroismus des Prometheus hat, von der Kühnheit des Ikarus und von der Liebe zur Freiheit. Satan: Subversion und Ironie, Sturz und Melancholie. Auch Verheißung der Erlösung. Der gefallene Fürst Luzifer, der Morgenstern, der Fackelträger, der die Dunkelheit durchdringt, hat die Romantiker und ihre Nachfolger besonders fasziniert. In dem Gedicht von Victor Hugo *La fin de Satan* verliert der rebellierende Engel in seinem endlosen Sturz eine Feder, und vom Auge Gottes berührt, verwandelt sich diese Feder in den Engel Freiheit.

Die Romantik hat das Langgedicht von Grund auf verändert, in seinem Gefüge und in seinen Themen ebenso wie in seinem Grundbau. Dies war ein nicht minder tiefgreifender Wandel als jener der Allegorie. In erster Linie hat die Romantik ein subjektives Element als Thema des Gedichts eingeführt: das Ich des Dichters, seine eigene Person; außerdem hat sie aus dem Gesang die Erzählung selbst gemacht. Das heißt: die Erzählung des Gesangs wurde der Gesang, das Thema des Gedichts wurde die Dichtung selbst. Oder wie der sentenziöse Antonio Machado sagte: Man *singt* eine Geschichte und *erzählt* eine Melodie. Erzählen heißt zugleich eine Geschichte erzählen und den Vers skandieren: Erzählung, die Gesang wird, und Gesang, der, indem er die Erzählung erzählt, sich selbst – den Akt des Singens – singt. Das romantische Gedicht hatte zum Thema des Gesangs den Gesang selbst oder seinen Sänger: Gedicht der Dichtung oder Gedicht des Dichters. In der *Divina Commedia* ist der Held kein Halbgott, sondern ein Sünder: der Florentiner Dichter Dante Alighieri, der ein realer Mensch ist und zugleich eine Allegorie des gefallenen Menschen. Das Thema des Don Juan von Byron ist nicht der Libertin der Sevillaner Legende, sondern der Dichter selbst. Don Juan ist keine Allegorie Byrons: er ist eine symbolische Maske, eine *persona*. Byron ist Byron und er ist das Abbild, das ihn transzendiert: der rebellische und freie Dichter. Das irdische Abbild, die physische und geistige Kopie eines Archetypus: Satan, der Engel der Freiheit.

Das Symbol hat eine der Allegorie entgegengesetzte Wirkung. Schon Blake hatte ein symbolisches episches Gedicht geschrieben, das Milton zur Person hat, aber der »Milton« Blakes ist in Wirklichkeit Blake selbst, der wiederum nur die menschliche Manifestation der dichterischen Imagination ist. Blake zufolge hat die Imagination die Aufgabe, durch den Dichter hindurch, »die Kinder der Memoria«, das heißt die griechisch-römische Dichtung, in »die Kinder der Inspiration« zu verwandeln: die Dichtung der neuen Ära. Der »Milton« Blakes, die Verkörperung der »ewigen Energie« (Satan), ist keine Allegorie: er ist das *Symbol* des neuen Dichters. Die neue Dichtung will Schluß machen mit der Nachahmung »der perversen Schriften von Vergil, Ovid und anderen Heiden, Sklaven des Schwerts«. Im »Milton« Blakes verbinden sich das Gedicht des Dichters und das Gedicht der Dichtung.

Diese beiden Merkmale, immer in symbolischer Form, sind in fast allen großen romantischen Gedichten zu finden: im *Hyperion* von Hölderlin, im *Adonais* von Shelley oder in *The Rime of the Ancient Mariner* von Coleridge. In *The Prelude, or Growth of a Poet's Mind* (»Das Vorspiel oder Die geistige Entwicklung eines Dichters«) erscheinen beide Elemente explizite und direkt. Wordsworth erzählt uns die Entwicklung des Dichters Wordsworth, von der visionären Kindheit bis zum reifen Alter. Doch es ist keine Biographie, obgleich reale Episoden nicht fehlen; der wahre Held von *The Prelude* ist die dichterische Imagination: wie sie in einem Kind entsteht, wie sie sich abschwächt und beinahe verlorengeht und wie der reife Dichter durch die Betrachtung der Natur und der menschlichen Gesellschaft sie wieder stärkt. Ein Gedicht, von einer doppelten Bewegung beseelt: der Übergang zur Reife ist auch eine Rückkehr zur Kindheit. Das Motiv des Gedichts ist psychologisch, philosophisch und, vor allem, poetisch und religiös: den Blick des Kindes, das unschuldige Wissen, wiedererlangen. Das Gedicht des Dichters geht auf im Gedicht des Gedichts.
Der Symbolismus nahm die beiden großen Themen der romantischen Dichtung wieder auf: die Dichtung des Dichters und die Dichtung des Gedichts. Zwischen diesen Extremen entspann sich – ein weiteres romantisches Erbe – der Dialog zwischen Ironie und Analogie: das Bewußtsein der Zeit und die Vision der universalen Korrespondenz. Ein Dialog, der, wie bei Baudelaire, in Uneinigkeit mündet. Die symbolistische Dichtung leitete einen anderen, wirklich grundlegenden Wandel ein: sie wandte auf das Langgedicht die Ästhetik des kurzen Gedichts an. Das symbo-

listische Gedicht verabscheut jegliche Exposition; es erzählt nicht und spricht nicht einmal: es suggeriert. Sein Gesang grenzt an das Schweigen. Eines der Elemente des Langgedichts war die Kontinuität in der Entwicklung, das heißt der lineare Charakter der Komposition: eine Episode folgte auf die andere, und eine jede war mit der vorhergehenden und der folgenden verbunden. Es gab weder Unterbrechung noch Bruch. Der symbolistische Dichter zerbricht die Kontinuität: er glaubt an den Wert der Pause und des leeren Raums. Ein symbolistisches Gedicht ist ein Archipel von Fragmenten. Die Entwicklung wird zerstückt. Im Unterschied zum romantischen Gedicht sind die Fragmente nicht durch eine verbale Kette verbunden, sondern durch Pausen, Affinitäten, Farben. Die Abfolge ist nicht explizit, sondern ergibt sich stillschweigend. Und schließlich ist das symbolistische Gedicht reich an Metaphern und Symbolen, während Beschreibung und Erzählung wegfallen. Zusammentreffen des Extensiven und Intensiven: das extensive Gedicht wird zu einer Abfolge intensiver Momente.

Das beste Beispiel der neuen Poetik war *Un coup de dés*: ein sonderbares Gedicht, das den Akt des Schreibens (eines Gedichts) zum Thema hat. Aber ein Gedicht, das nie zuvor intendiert wurde: ein absolutes Gedicht. Nicht *ein* Gedicht des Gedichts, sondern *das* Gedicht des Gedichts. Das Thema von Sor Juana Inés de la Cruz – das Gedicht des Erkenntnisaktes – taucht wieder auf, an eine äußerste Grenze getrieben. Die Antwort war gleichfalls negativ: *das* Gedicht des Gedichts war *ein* Gedicht. Es gibt kein Gedicht, das absoluter ist als dieses, das ich heute in einer Sprache schreibe, die dazu bestimmt ist, zu verschwinden. So kulminiert das Gedicht des Gedichts von Hölderlin und anderen Romantikern in seiner Kritik und seiner Negation: wir sind dazu verurteilt, immer das gleiche Gedicht zu schreiben, und jede Version dieses universalen Gedichts ist einzigartig und relativ. Es ist bekannt, wie erregt Mallarmé war, als er gegen 1866 das Denken Hegels für sich entdeckte. Es gibt eine unzweifelhafte Ähnlichkeit: beide, der Philosoph wie der Dichter, gehen von der letzten Identität zwischen dem Sein und dem Nichts aus.* Nach Hegel ist die Dialektik dazu bestimmt, zwischen den verschiedenen Seinsweisen bis zur finalen vollen Bejahung des Seins zu vermitteln; diese Idee entspricht Mallarmés Ambition: den Zufall (die Sprache) in eine absolute Zahl (das Gedicht) aufgehen zu lassen. Im Gegensatz zum selbstsicheren Hegel artikuliert Mallarmé – und darin war seine Bescheidenheit auch Weisheit – am Ende gerade nur ein *Vielleicht*. Der poetische Würfelbecher schafft den Zufall nicht ab: es gibt keine absolute Zahl. Gäbe es sie, wäre sie unerkennbar und unsagbar. Jedes Gedicht, jede Zahl ist ein augenblickliches Absolutes. Eine Lehre in Besonnenheit und Heroismus. Es war eine implizierte Rückkehr zu Kant, obgleich Mallarmé das wahrscheinlich nicht wußte. Zu Kant, dem Begründer der wahren Moderne und dem ersten, der uns vor den Delirien der Dialektik warnte, die er mit Recht »die Philosophie des Scheins« nannte.

Das andere Extrem ist Walt Whitman. Um sich über seine außerordentliche Modernität klarzuwerden, muß man sich an das Publikationsdatum von *Song of Myself* erinnern: 1855. Was schrieb man damals in

* Ein Gedanke, der sich auch im Denken Indiens findet, insbesondere im Buddhismus von Nagarjuna.

Europa und in Amerika? Das Gedicht Mallarmés erschien 1897, fast ein halbes Jahrhundert später. Doch ist es nicht nur ein Datum, was die beiden Dichter trennt: ihre Werke kündigen die entgegengesetzten, obgleich komplementären Wege an, denen die Dichtung des 20. Jahrhunderts gefolgt ist. Whitman nimmt das Thema der Romantiker, des Dichters als Gegenstand des Gedichts, wieder auf. Gleichzeitig verändert er diese Tradition von Grund auf. Er erzählt uns nicht die Geschichte eines legendären Helden, hinter dessen Zügen sich der Dichter verbirgt, wie der *Hyperion* Hölderlins oder der *Childe Harold* von Byron. Auch schreibt Whitman keine poetische Biographie wie Wordsworth. *Song of Myself* ist keine Erzählung, sondern eine dichterische Selbstdarstellung. Whitman spricht nicht von den Wechselfällen seines Lebens, sondern von sich selbst. Der Dichter besingt ein Ich, das ein Du ist und ein Er und ein Wir. Es ist ein Ich unter vielen, und es ist ein einzigartiges Wesen: ein Passant und ein Kosmos. Auch die Zeit des Gesangs ist eine andere als die der traditionellen Gedichte. Sie ist weder eine mythische Vergangenheit noch eine zeitlose Gegenwart. Sie ist eine Gegenwart mit einem bestimmten Datum: 1855; und sie ist eine Gegenwart ohne Datum: das Jetzt, das sich alle Tage manifestiert, seit die Menschen Menschen sind. Whitman erlangt den archetypischen Charakter der Zeit nicht durch eine legendäre Vergangenheit wieder, sondern durch das Eintauchen im Jetzt. Was jetzt geschieht, geschieht immer.

Auch die Form seines Gedichts steht im Gegensatz zu der Mallarmés. Beide verzichten auf den Reim, aber während der Rhythmus Mallarmés wesentlich visuell ist – die Anordnung der Zeilen auf den Seiten, die leeren Räume und die verschiedenen Schriftgrade –, ist der Whitmans oral: nicht etwas, das wir sehen, sondern das wir hören. Rückkehr zum Ursprung der Dichtung: dem gesprochenen Wort. Mallarmé preist die Verhaltenheit, das Schweigen, die *blancs*; seine Sprache geht von der Schrift aus und ist exquisit. Die Sprache Whitmans ist eine gesprochene Sprache, und sie läßt sich nicht von der Preziosität verleiten, sondern von der Beredsamkeit und der Gestikulation. Von der Begeisterung mitgerissen, will er alles sagen, verliert sich und überbietet sich mit einer zugleich infantilen und kosmischen Wonne in endlosen Aufzählungen, geht von der Vertraulichkeit zum Ausruf über und vom Ausruf zur Prophetie. Indem er das Ich verherrlicht, verherrlicht er uns. Seine Demokratie ist anarchistisch, egalitär und kosmisch. Gedicht der Versöhnung der Gegenkräfte: Körper und Seele, Gegenwart und Vergangenheit, ich und du, weiß und schwarz, Mann und Frau, oben und unten. Der *Song of Myself* mündet in den Gesang der Gründung einer freien Gemeinschaft, einer Brüderlichkeit zwischen den Menschen, den Wesen und den Dingen, seien es Gestirne oder Ratten, Tiger oder Lokomotiven, Bäume oder Sonaten ... Mallarmé: der Gesang des einsamen Dichters gegenüber dem Universum; Whitman, der Gesang der Gründung der freien Gemeinschaft bei Gleichheit aller. Mit diesen beiden Dichtern endet eine gewisse Moderne – die romantische Dichtung, der Symbolismus – und beginnt eine andere: die unsere.

México, 1976

2.
Bruch und Konvergenz*

> You say I am repeating
> Something I have said before.
> I shall say it again.
> Shall I say it again?
>
> *T. S. Eliot*

I. Moderne und Romantik

Das Thema, das ich hier untersuchen will – Dichtung und Moderne –, besteht aus zwei Elementen, deren Beziehung nicht völlig klar ist. Die Dichtung dieses ausgehenden Jahrhunderts ist das Erbe der dichterischen Bewegung der Moderne, von der Romantik bis zu den Avantgarden, und zugleich dessen Negation. Auch ist nicht klar, was unter »modern« zu verstehen ist. Die erste Schwierigkeit, der wir uns gegenübersehen, ist der nicht faßbare, schillernde Charakter dieses Wortes: das Moderne ist dem Wesen nach transitorisch, und das Zeitgenössische ist eine Eigenschaft, die, kaum genannt, verschwindet. Es gibt ebensoviele moderne und alte Zeiten, wie es Epochen und Gesellschaften gibt: ein Azteke war modern gegenüber einem Olmeken und Alexander der Große gegenüber Amenophis IV. Die »modernistische« Dichtung Daríos war für die Ultraisten alter Plunder, und der Futurismus ist für uns heute weniger eine Ästhetik

* Dieser Text wurde 1986 in den Sommerkursen der Universidad Menéndez Pelayo (Santander) gelesen und später, 1989, am Collège de France und in der University of Utah (Tanner Lectures).

als eine Reliquie. Das Zeitalter der Moderne wird schon bald die Antike von morgen sein. Doch einstweilen müssen wir uns damit abfinden und akzeptieren, daß wir im Zeitalter der Moderne leben, wohl wissend, daß es sich um eine zweideutige und provisorische Bezeichnung handelt.

Was wollen wir mit dem Wort Moderne sagen? Wann begann sie? Einige meinen, daß sie mit der Renaissance, der Reformation und der Entdeckung Amerikas begann; andere sind der Ansicht, daß sie ihren Anfang nahm mit der Konstituierung der Nationalstaaten, der Instituierung des Bankwesens, dem Entstehen des merkantilen Kapitalismus und des Bürgertums; einige wenige betonen, daß das Entscheidende die wissenschaftliche und philosophische Revolution des 17. Jahrhunderts war, ohne die wir weder Technik noch Industrie hätten. Alle diese Meinungen sind akzeptabel. Für sich allein genommen sind sie ungenügend; zusammengenommen bieten sie eine kohärente Erklärung. Vielleicht deshalb neigt die Mehrheit dazu, den Beginn der Moderne im 18. Jahrhundert anzusetzen: es ist nicht nur der Erbe dieser Wandlungen und Innovationen, dieses Jahrhundert weist bereits viele Merkmale auf, die die unseren werden sollten. War jene Epoche eine Präfiguration der unseren? Ja und nein. Es wäre richtiger, sagte man, daß die unsere die Entstellung der Ideen und Entwürfe jenes großen Jahrhunderts ist.

Die Moderne beginnt als eine Kritik der Religion, der Philosophie, der Moral, des Rechts, der Geschichte, der Ökonomie und der Politik. Die Kritik ist ihr Unterscheidungsmerkmal, das Signum ihrer Geburt. All das, was das Zeitalter der Moderne ausmacht, war das Werk der Kritik, verstanden als eine Methode der

Untersuchung, des Erschaffens und Handelns. Die Hauptkonzepte und Leitideen des modernen Zeitalters – Fortschritt, Evolution, Revolution, Freiheit, Demokratie, Wissenschaft, Technik – verdanken sich der Kritik. Im 18. Jahrhundert unterzog die Vernunft die Welt und sich selbst der Kritik; so wurden der alte Rationalismus und seine zeitlosen Geometrien radikal von ihr umgestaltet. Kritik ihrer selbst: die Vernunft verzichtete auf die grandiosen Gebäude, die sie mit dem Sein, dem Guten und dem Wahren identifizierten; sie war nicht länger das Haus der Idee und wurde zu einem Weg: sie wurde eine Forschungsmethode. Kritik der Metaphysik und ihrer für den Wandel unzugänglichen Wahrheiten: Hume und Kant. Kritik der Welt, der Gegenwart und der Vergangenheit; Kritik der Gewißheiten und überkommenen Werte; Kritik der Institutionen und der Glaubensüberzeugungen, des Throns und des Altars; Kritik der Sitten, Reflexion über die Leidenschaften, die Empfindungen und die Sexualität: Rousseau, Diderot, Laclos, de Sade; Geschichtskritik von Gibbon und Montesquieu; Entdeckung des *anderen*: des Chinesen, des Persers, des Indios; Perspektivwechsel in der Astronomie, der Geographie, der Physik, der Biologie ... Schließlich verkörpert sich die Kritik in der Geschichte: die nordamerikanischen Unabhängigkeitskriege, die Französische Revolution und die Unabhängigkeitsbewegung der amerikanischen Besitzungen Spaniens und Portugals. Aus Gründen, die ich in anderen Schriften dargelegt habe, scheiterte die Revolution der Unabhängigkeitskriege in Lateinamerika im Politischen und Sozialen. Daher ist unsere, die lateinamerikanische Moderne unvollständig, oder vielmehr, sie ist ein historischer Hybride.

Es ist kein Zufall, daß diese großen Revolutionen, Begründer der modernen Geschichte, sich vom Denken des 18. Jahrhunderts haben inspirieren lassen. Dieses Jahrhundert war reich an Plänen sozialer Reformen und an Utopien. Man hat gesagt, daß diese Utopien der weniger glückliche Teil seines Vermächtnisses ist; doch wir können sie weder geringschätzen noch verurteilen; es ist wahr, daß in ihrem Namen viele Greuel begangen wurden, aber wahr ist auch, daß wir ihnen fast alle großen Taten und Träume des modernen Zeitalters verdanken. Die Utopien des 18. Jahrhunderts waren die starke Triebkraft, die die Geschichte des 19. und 20. Jahrhunderts in Gang brachte. Die Utopie ist die andere Seite der Kritik, und nur ein kritisches Zeitalter kann Utopien ersinnen; die durch die Zerstörung des kritischen Geistes entstandene Leere wird fast immer von utopischen Gebäuden ausgefüllt. Die Utopien sind die Träume der Vernunft. Aktive Träume, die sich in Revolutionen und Reformen verwandeln. Die Vorherrschaft der Utopien ist ein weiteres echtes, charakteristisches Merkmal des modernen Zeitalters. Jede Epoche identifiziert sich mit einem Zeitbegriff, und die ständige Präsenz der revolutionären Utopien in der unseren zeugt von der Sonderstellung, welche die Zukunft für uns hat. Die Vergangenheit ist nicht besser als die Gegenwart: die Vollkommenheit liegt nicht hinter, sondern vor uns, sie ist kein Paradies, das wir verlassen haben, sondern ein Gebiet, das wir besiedeln müssen, eine Stadt, die es zu erbauen gilt.

Das Christentum setzte der griechisch-römischen Vorstellung der zyklischen Zeit eine lineare Zeit entgegen: sukzessiv verlaufend und irreversibel, mit einem Anfang und einem Ende, vom Sündenfall

Adams und Evas bis zum Jüngsten Gericht. Gegenüber dieser geschichtlichen und todbringenden Zeit gab es eine andere, eine übernatürliche Zeit, gefeit gegen den Ablauf und den Tod: die Ewigkeit. Deshalb war die einzige wirklich entscheidende Episode der irdischen Geschichte die der Erlösung: die Herabkunft Christi und sein Opfer stellen den Schnittpunkt dar zwischen der Ewigkeit und der Zeitlichkeit, der sukzessiven und todbringenden Zeit der Menschen und der Zeit des Jenseits, die sich weder ändert noch abläuft, die stets sich selber gleicht. Das moderne Zeitalter beginnt mit der Kritik der christlichen Ewigkeit und dem Anbruch einer anderen Zeit. Einerseits wird die endliche Zeit des Christentums, mit einem Anfang und einem Ende, zur nahezu endlosen Zeit der natürlichen Evolution und der Geschichte, die sich auf die Zukunft hin öffnet. Andererseits entwertet die Moderne die Ewigkeit: die Vollkommenheit wird in die Zukunft verlegt, nicht in die andere Welt, sondern in diese. Ich erinnere nur an die berühmte Metapher Hegels: die Rose der Vernunft ist in der Gegenwart gekreuzigt. Die Geschichte, sagte er, ist ein Kalvarienberg: Umsetzung des christlichen Mysteriums in geschichtliches Handeln. Der Weg zum Absoluten führte durch die Zeit, war Zeit. Ihrerseits lag bei den verschiedenen Zeitbegriffen die stets hinausgeschobene Vollkommenheit in der Zukunft. Die Umgestaltungen und Revolutionen waren Verkörperungen des Fortschreitens der Menschen auf die Zukunft und ihre Paradiese zu.

Das Verhältnis der Romantik zur Moderne ist zugleich das der Kindschaft und der Polemik. Kind des kritischen Zeitalters, sind ihre Grundlage, ihre Geburtsurkunde und ihre Definition der Wandel. Die

Romantik war der große Wandel nicht nur auf dem Gebiet der Literatur und der Künste, sondern auch auf dem der Imagination, der Empfindungen, des Geschmacks und der Ideen. Sie war eine Moral, eine Erotik, eine Politik, eine Art sich zu kleiden und eine Art zu lieben, eine Art zu leben und zu sterben. Als rebellisches Kind unterzieht die Romantik die kritische Vernunft der Kritik und setzt der Zeit der sukzessiven Geschichte die Zeit des Ursprungs vor der Geschichte entgegen; der künftigen Zeit der Utopien die augenblickliche Zeit der Leidenschaften, der Liebe und des Blutes. Die Romantik ist die große Negation der Moderne, so wie diese vom 18. Jahrhundert und von der kritischen, utopischen und revolutionären Vernunft konzipiert worden war. Aber sie ist eine moderne Negation, das heißt eine Negation innerhalb der Moderne. Nur das kritische Zeitalter konnte eine derart totale Negation zeitigen.

Die Romantik koexistiert mit der Moderne und verschmilzt mit ihr nur, um immer wieder gegen sie zu verstoßen. Diese Verstöße nehmen viele Formen an, aber sie manifestieren sich immer auf zweierlei Weise: Analogie und Ironie. Unter der ersteren verstehe ich »die Vorstellung der Welt als ein System von Korrespondenzen und die der Sprache als Doppel des Universums«.* Es ist eine uralte Tradition, die, vom Neuplatonismus der Renaissance erneuert, an verschiedene hermetische Strömungen des 16. und 17. Jahrhunderts weitergegeben wird und, nachdem sie die philosophischen und libertinen Sekten des 18. Jahrhunderts genährt hat, von den Romantikern und ihren Erben bis in unsere Zeit wiederaufgenom-

* Vgl. *Die andere Zeit der Dichtung.*

men wird. Es ist die zentrale, wiewohl untergründige Tradition der modernen Dichtung, von den ersten Romantikern bis zu Yeats, Rilke und den Surrealisten. Gleichzeitig mit der Vorstellung der universalen Korrespondenz taucht als rivalisierender Zwilling die Ironie auf. Sie ist das Loch im Gewebe der Analogien, die Ausnahme, die die Korrespondenzen irritiert. Wenn die Analogie als ein Fächer verstanden werden kann, der beim Entfalten die Ähnlichkeiten zwischen diesem und jenem, dem Makrokosmos und dem Mikrokosmos, den Gestirnen, den Menschen und den Würmern zeigt, so zerreißt die Ironie den Fächer. Sie ist die Dissonanz, die das Konzert der Korrespondenzen stört und es in Galimathias verwandelt. Die Ironie hat verschiedene Namen: sie ist die Ausnahme, das Irreguläre, *le bizarre*, wie Baudelaire sagte, und, mit einem Wort, der große Unfall: der Tod.

Die Analogie ist dem Mythos inhärent; ihr Wesen ist der Rhythmus, das heißt die zyklische Zeit des Erscheinens und Verschwindens, des Todes und des Wiedererstehens; die Ironie ist die Manifestation der Kritik im Reich der Imagination und der Sensibilität; ihr Wesen ist die sukzessive Zeit, die in den Tod mündet. In den Tod der Menschen und der Götter. (Das Thema des Todes Gottes taucht im modernen Bewußtsein mit den ersten Texten der Romantiker auf.)* Eine doppelte Überschreitung: die Analogie setzt der sukzessiven Zeit der Geschichte und der Seligsprechung der utopischen Zukunft die zyklische Zeit des Mythos entgegen; ihrerseits zerreißt die Ironie die mythische Zeit, indem sie den Sturz in die Kontingenz, die Pluralität von Göttern und Mythen,

* Jean Paul, vgl. Kapitel III, »Die Kinder des Schlamms« in *Die andere Zeit der Dichtung*.

den Tod Gottes und seiner Geschöpfe bejaht. Doppelte Ambiguität der romantischen Dichtung: sie ist revolutionär nicht *mit*, sondern *gegenüber* den Revolutionen des Jahrhunderts; zugleich ist ihre Religiosität eine Überschreitung der christlichen Religionen.* Die Geschichte der modernen Dichtung, von der Romantik bis zum Symbolismus, ist die Geschichte der unterschiedlichen Manifestationen der zwei Prinzipien, die sie seit ihrer Geburt konstituieren: Analogie und Ironie.

II. Moderne und Avantgarde

Das 19. Jahrhundert kann als der Höhepunkt der Moderne angesehen werden. Ideen, die aus der Kritik hervorgegangen sind und die im 18. Jahrhundert einen polemischen Charakter hatten – Demokratie, Trennung von Kirche und Staat, Abschaffung der Vorrechte des Adels, Freiheit des Glaubens, der Meinungsäußerung und der Verbandsbildung –, wurden zu Prinzipien, zu denen sich fast alle europäischen Nationen und die Vereinigten Staaten bekannten. Die westliche Welt erstarkte, breitete sich aus und behauptete sich. Aber Ende des vergangenen Jahrhunderts entstand in den Zentren unserer Zivilisationen großes Unbehagen, von dem nicht nur die sozialen, politischen und ökonomischen Institutionen betroffen wurden, sondern auch das System der Glaubensanschauungen und der Werte. So kann man »modernes Zeitalter« den Zyklus nennen, der den Beginn, den Höhepunkt und die Krise der Moderne

* *Op. cit.*

umfaßt; ihrerseits kann man die letzte Phase, die der Krise, die zeitgenössische Epoche nennen. Ihre Dauer jedoch – sie zählt schon an die hundert Jahre – läßt mich zweifeln, ob diese Bezeichnung zutrifft. Ebensowenig treffen die Worte auf sie zu, die sich sofort einstellen, wenn man dieses Thema berührt: Niedergang, Verfall. Das Wort Krise, obgleich nicht ungenau, hat sich durch allzu häufige Wiederholung abgenutzt. Doch wie man die Periode, die Anfang dieses Jahrhunderts beginnt, auch bezeichnen mag, sie unterscheidet sich von den anderen durch die Unsicherheit gegenüber den Werten und Ideen, welche die Moderne begründeten. Diese weltweite Krise kündigt sich gegen Ende des vergangenen Jahrhunderts an, und um 1910 manifestiert sie sich bereits mit aller Deutlichkeit. Ich werde sie hier nicht beschreiben. Seit langem ist sie ein bevorzugtes Thema der Soziologen, Journalisten und anderer Heilkünstler unserer Gesellschaft. Ich will mich darauf beschränken, die Bereiche aufzuzählen, die von dieser historischen Krankheit betroffen sind.

Mit dem Beginn des modernen Zeitalters entsteht – eine starke Triebkraft und eine große Verirrung – der Nationalismus. Zur Religion des Nationalstaates geworden, erlangt er während des vergangenen Jahrhunderts große Virulenz. Die gegen die bürgerliche Demokratie gerichtete Kritik – das heißt gegen den Rationalismus, den Kosmopolitismus, den Skeptizismus und den Hedonismus – verband sich mit der Sehnsucht nach der vorkapitalistischen Gesellschaft und ihrer »idyllischen Verhältnisse«, wie Marx sie ironisch nannte. In den Predigten gegen den gottlosen Fortschritt gab es Echos des alten christlichen Horrors vor Satan, dem skeptischen und intelligenten Mammon, der die Industrie, das Vergnügen und die Künste liebt. Auf der anderen Seite, und mit gleicher Leidenschaft, denunzierten die Revolutionäre – vor allem die Anarchisten – den Unterdrückungscharakter des Staates und der gesellschaftlichen Institutionen: Familie, Recht, Eigentum. In der ersten Phase der Krise war der marxistische Sozialismus kritisch, doch nicht subversiv; obgleich die Zweite Internationale zur Verbesserung der Situation der Arbeiter nach Kräften beitrug, hielt sie am Status quo der Industrienationen fest.

Im zweiten Jahrzehnt des 20. Jahrhunderts wuchs sich die Krise der Institutionen zur Krise der internationalen politischen Gesellschaft aus, und es kam zum Weltkrieg. Die Revolutionen, die auf ihn folgten, veränderten das Gesicht des Planeten. Der Marxismus – oder vielmehr seine autoritäre Version, der Leninismus – wurde zu einem Machtfaktor. In der dritten Dekade zeichnete sich, unter verschiedenen Namen und mit gegensätzlichen Ideologien, die neue historische Wirklichkeit deutlich ab: der totalitäre bürokratische Staat. Der Prozeß setzte sich im Laufe des Jahrhunderts fort. Selbst bei Nationen, die das demokratische System beibehalten, zeigt sich die Tendenz, das Modell bürokratischer Herrschaft zu reproduzieren, sei es in den großen kapitalistischen Konsortien, in den Arbeitergewerkschaften oder in der staatlichen Technokratie. Nur wenige haben zu Beginn des Jahrhunderts geahnt, daß die edlen anarchistischen und revolutionären Bestrebungen jener Zeit fünfzig Jahre später zu einem neuen Absolutismus degenerieren würden.

Die Krise des öffentlichen Lebens war auch eine Krise des Bewußtseins. Kritik der Familie und der

Vorherrschaft des Mannes, Kritik der Sexualmoral, Kritik der Schulen, der Kirchen, der Glaubensanschauungen, der Werte. Trotz der riesigen Erfolge der Technik begann man am Fortschritt, dieser großen Leitidee der westlichen Welt und ihrem Verstandesmythos, zu zweifeln. Der vorherrschende geistige Zustand während der ersten Hälfte dieses Jahrhunderts mit seinen heftigen Schwankungen zwischen Passivität und Gewalt, seinem radikalen Skeptizismus und Instinktglauben, seinem extremen Intellektualismus und seinem Kult des Blutes, ist oft beschrieben worden, weshalb ich hier darauf verzichten kann. Ich möchte nur darauf hinweisen, daß diese Schwankungen mit entscheidenden Entdeckungen der Wissenschaften koinzidierten, die ihrerseits die alten Gewißheiten in Frage stellten. Erwähnt seien nur folgende einschneidende Veränderungen: die nichteuklidische Geometrie, die Quantenphysik, die Relativitätstheorie und die vierte Dimension. Diesen Fortschritten folgten in jüngerer Zeit die der Molekularbiologie, vor allem auf dem Gebiet der Genetik. Hat der alte Geist, zu einer chemischen Reaktion geworden, sich verflüchtigt, so hat die alte Materie ihrerseits an Konsistenz verloren und wurde Energie, Raum-Zeit, eine Wirklichkeit, die unaufhörlich zerstiebt und sich unaufhörlich mit sich selbst vereint. Wenn die Materie sich in Atome und in Partikel von Partikeln aufspaltete, was dann vom Bewußtsein sagen? Es hat aufgehört, der Grundstein der Person zu sein, und ist zersplittert. Für einige wurde es der Kampfplatz neuer Entitäten, die vielleicht nicht weniger trügerisch sind als die der Psychologie der Renaissance: das Unterbewußtsein, das Unbewußte, die Libido, das Über-Ich. Andere betrachteten das

Denken und die Emotionen lediglich als das Ergebnis chemisch-physischer Verbindungen. Die Familie wurde zur Brutstätte von Phantomen, und das Verbrechen Ödipus' erlangte die allgemeine Bedeutung, die bisher die Erbsünde gehabt hatte: sie war das konstitutive Merkmal des Menschengeschlechts, das Kennzeichen, das es von allen anderen Lebewesen unterscheidet.

Die Kunst und die Literatur sind Darstellungsformen der Wirklichkeit. Darstellungen, die, ich brauche nicht daran zu erinnern, auch Erfindungen sind: imaginäre Darstellungen. Aber die Wirklichkeit hat plötzlich begonnen sich aufzulösen und sich zu verflüchtigen; sie präsentierte sich mit den Attributen des Imaginären, wurde bedrohlich oder lächerlich, unbeständig oder phantastisch. Der Stuhl war nicht länger der Stuhl, den wir sehen, er verwandelte sich in ein Gefüge aus unsichtbaren Kräften, Atomen und Partikeln. Nicht nur die neue Physik attackierte die vermeintliche Solidität der materiellen Gegenstände; die nichteuklidische Geometrie eröffnete die Möglichkeit anderer Räume, die andere Eigenschaften besitzen als der uns bislang bekannte Raum. Es tauchte eine neue Entität auf, ein Thema, das Schriftsteller und Maler sehr beschäftigte, der Mythos der ersten Avantgarde: die Raum-Zeit. Obgleich die Psychoanalyse erst später, in der Generation der Surrealisten, die Dichter und Maler beeinflussen sollte, veränderte sich die Vorstellung vom Ich und von der Person schon damals. Und mit ihr die Sprache der Künstler, die begannen, die Diskontinuität des Bewußtseins und der Gefühle auszudrücken.

Der Symbolismus hatte sich mit einer esoterischen Sprache identifiziert. Kult des Mysteriums des Universums und Kult des Dichters als Priester dieser Geheimreligion. Die neuen Dichter setzten dieser Sprache die Ironie und prosaische Nüchternheit entgegen. Der Symbolismus hatte das Helldunkel verherrlicht, er war eine Kunst der nach innen führenden Türen gewesen, in der die Nuancierung der höchste Wert war; die neue Kunst ging auf die Straßen und Plätze: Dichtung deutlicher Gegensätze und brutaler Kontraste. Der Symbolismus hatte die Sehnsüchte nach einem Jenseits beschrieben, das manchmal in einer unmöglichen Vergangenheit lag, manchmal auch in einem nicht minder unmöglichen Nirgendwo; die neue Dichtung verherrlichte den Augenblick, die Gegenwart: was die Augen sehen und die Hände berühren. Die Stadt Baudelaires war die nächtliche Großstadt, wo in Straßen, die Wunden gleichen, die Gasbeleuchtung und ihre Reflexe – zweifelhaft wie das menschliche Bewußtsein – das Defilieren der Prostitution, das Verbrechen und die einsame Verzweiflung erhellten. Die Stadt der modernen Dichter ist die der Menge, die Stadt der Leuchtreklame, der Straßenbahnen und Autos, die sich jede Nacht in einen elektrisierenden Garten verwandelt. Doch die moderne Stadt ist nicht weniger schrecklich als die Baudelaires: *Maintenant tu marches dans Paris tout seul parmi la foule / Des troupeaux d'autobus mugissant près de toi roulent / L'angoisse de l'amour te serre le gosier.* (»Nun durchstreifst du Paris ganz allein in der Menge / Herden muhender Autobusse rollen an dir vorbei / Die Angst um Liebe schnürt dir die Kehle zu.«)*

Der romantische Held war der Abenteurer, der Pirat,

* Guillaume Apollinaire, *Zone* (1912).

der zum Krieger der Freiheit gewordene Dichter oder der Einsame, der sich am Ufer eines stillen Sees ergeht, in sublime Gedanken vertieft. Der Held Baudelaires war der gefallene Engel der Stadt; schwarzgekleidet, hatte er auf seinem eleganten, abgetragenen Anzug Wein-, Öl- und Schmutzflecken. Die Person bei Apollinaire ist ein Stadtstreicher, fast ein Clochard, lächerlich und pathetisch, in der Menge verloren. Es ist die Gestalt, die später Charlie Chaplin verkörpern sollte, ist der Protagonist von Majakowskis *Wolke in Hosen* und von Pessoas *Tabakladen*. Ein armer Teufel und ein Mensch, der über okkulte Kräfte verfügt, ein Clown und ein Zauberer. Die romantische Herkunft dieser Person und ihrer Verhaltensweise ist unverkennbar; ebenso ihre Neuheit.

Obgleich das Abenteuer des Menschen – seine Leidenschaften, Verrücktheiten, Erleuchtungen – in der neuen Dichtung fortgesetzt wird, sind Umwelt und Gesprächspartner andere. Die alte Natur verschwindet, und mit ihr die Wälder, Täler, Ozeane und Berge, die bevölkert waren von Ungeheuern, Göttern, Dämonen und anderen Wunderwesen; ihre Stelle nimmt die anonyme Stadt ein, und zwischen ehrwürdigen Monumenten und auf alten Plätzen die schreckliche Neuheit der Maschinen. Wandel der Realität: Wandel der Mythologien. Früher sprach der Mensch mit dem Universum; oder er glaubte, daß er mit ihm spreche: wenn es nicht sein Gesprächspartner war, so war es sein Spiegel. Im 20. Jahrhundert ist der mythische Gesprächspartner, sind seine mysteriösen Stimmen verschwunden. Der Mensch ist allein geblieben in der riesigen Stadt, und seine Einsamkeit ist die von Millionen seinesgleichen. Der Held der neuen Dichtung ist ein Einsamer in der Menge, oder besser gesagt, eine Menge von Einsamen. Er ist der H. C. E. (*Here Comes Everybody*) von Joyce. Wir entdecken, daß wir allein sind in der Welt. Allein mit unseren Maschinen. Die emsigen Teufel Miltons müssen sich die Hände gerieben haben. Es war der Beginn des großen Solipsismus.

Die Alten verehrten das Pferd und das Segelschiff; das neue Zeitalter die Lokomotive und das Postschiff. Wahrscheinlich hat Whitman mit seinem Gedicht, das er der Lokomotive widmete, *To a Locomotive in Winter*, seine Nachfahren am meisten beindruckt. Valéry Larbaud schrieb eine denkwürdige Ode auf den Orient-Express, »den Luxuszug der Milliardäre«; Cendrars seine nicht weniger denkwürdige *Prose du Transsibérien* (»Prosa der Transsibirischen Eisenbahn«), die erste Hochzeit der Dichtung mit dem Kino. Die Futuristen besangen das Automobil, und später mehrten sich die Gedichte auf das Flugzeug, das Unterseeboot und die anderen modernen Transportmittel. Keiner dieser bemühten Texte reicht an das Gedicht Whitmans, des Begründers, heran. Auch die Ozeandampfer entzündeten die Phantasie. Ich erinnere nur an die *Ode marítima* von Álvaro de Campos – weder eine Allegorie noch ein Symbol Pessoas, sondern sein Doppelgänger und sein Gegenspieler –, geschrieben auf den Quais von Lissabon, aber auch in Liverpool, Singapur, Yokohama und Harbin. Mit dem Postschiff wird in der Dichtung dieser Zeit eher Asien als Amerika assoziiert. Der erste Akt von Claudels *Partage de midi* spielt auf einem Postschiff, in der Mitte des Indischen Ozeans. Die Dichtung vom Meer in den Romanen und Gedichten dieser Jahre war eine Dichtung der Fremde und der Ferne: der Meere und der unbekannten Länder, aber vor allem der *anderen*

Zivilisationen: das Indien Kiplings, das Afrika und Südostasien Conrads, der Ferne Osten Claudels und Saint-John Perses.

Ein allgemeines Kennzeichen der Poesie und der Kunst der Avantgarde ist die Präsenz von Landschaften und künstlerischen Formen des Orients, Afrikas und des präkolumbischen Amerika. Die Dichter machten sich das Haiku zu eigen, und das Nô-Theater beeindruckte Yeats und andere Dramatiker. Pounds Übersetzungen chinesischer Dichtung trugen wesentlich zu diesen Wandlungen bei. So erreicht im ersten Drittel des 20. Jahrhunderts ein langer Prozeß der Entdeckung der *anderen* Zivilisationen und ihrer unterschiedlichen Sicht der Wirklichkeit und des Menschen seinen Höhepunkt. Dieser Prozeß, der im 16. Jahrhundert mit der Entdeckung des amerikanischen Kontinents begann, manifestierte sich in unserer Epoche durch die Aneignung künstlerischer Formen, die der zentralen Tradition des Okzidents nicht nur fremd, sondern sogar konträr waren. Der Wandel war derart tiefgreifend, daß er uns noch heute berührt, und ohne Zweifel wird er sich auch auf die Kunst und die Sensibilität unserer Nachfahren auswirken. Einerseits war dieser Wandel das natürliche Resultat der von der Romantik begonnenen ästhetischen Revolution, war ihre äußerste Konsequenz; andererseits war er der finale Wandel, der Wandel aller Wandlungen: mit ihm endet eine Tradition, die in der Renaissance begann. Die Vorbilder dieser Tradition waren die Werke der griechisch-römischen Antike, so daß mit deren Negation durch die moderne Kunst auch die Kontinuität des Okzidents abbrach. So war der Wandel eine Selbstverneinung und zugleich eine Metamorphose. Ende des naturalistischen Idealismus, Ende der Perspektive und des Goldenen Schnitts, Ende der Darstellungen, die die Wirklichkeit vortäuschen wollen.

Das Entscheidende war nicht die Substitution der traditionellen Kanons – eingeschlossen die romantischen, symbolischen und impressionistischen Varianten und Abweichungen – durch die fremden Kulturen und Zivilisationen, sondern die Suche nach einer *anderen* Schönheit. Deshalb habe ich nicht nur von Selbstverneinung gesprochen, sondern auch von Metamorphose. Der ästhetische Wandel war so tiefgreifend wie der Wandel, den die Wissenschaften in der herkömmlichen Sicht der Wirklichkeit bewirkten. Die Physik hatte gezeigt, daß die sichtbare Wirklichkeit sich auf eine Struktur stützt, die in einem Kräfteverhältnis in labilem Gleichgewicht besteht. Auch die Künstler wollten das Erscheinungsbild der alltäglichen Gegenstände demontieren, und die Kubisten konzipierten das Bild als ein Bezugssystem. Es war eine Art Neuplatonismus in dieser Konzeption; dem Maler ging es darum, die Struktur – oder vielmehr: den Archetypus, die *Idee* – der Kaffeekanne und der Pfeife darzustellen. Daher die Notwendigkeit, das Äußere und das Innere der Gegenstände zu malen. Das Beispiel der Negermasken, die auf derselben Fläche die Vorder- und die Rückseite des Gegenstandes zeigen, eröffnete einen Weg. Die Futuristen ihrerseits wollten die Bewegung malen, etwas, das die Photographie besser vermag als die Malerei; zu jener Zeit war die Chronophotographie populär: Abfolge von Momentaufnahmen eines Gegenstandes oder einer Gestalt in Bewegung, ein trabendes Pferd, eine sich rhythmisch bewegende Frau, ein Radfahrer. Das

bedeutendste Beispiel war Marcel Duchamps »Akt, die Treppe hinabsteigend«.
Alle diese Werke und Versuche standen unter dem Einfluß der neuen die Wirklichkeit reproduzierenden Medien. Die größte Attraktion, besonders für die Dichter, war die Photographie in Bewegung: das Kino. Der große Theoretiker der Montage, Sergej Eisenstein, weist in einer seiner Schriften darauf hin, daß ihm das Fehlen von Syntax- und Interpunktionsregeln im Film das wahre Wesen dieser Kunst offenbart hat: die Juxtaposition und die Simultaneität. Mit anderen Worten: Bruch des linearen Charakters der Schilderung. Vorläufer des Simultaneismus fand Eisenstein in den Künsten des Orients, insbesondere im japanischen Theater und in der chinesischen Schrift. Jahre später, im Vorwort zu einer Ausgabe des chinesischen Klassikers *I Ging*, vertrat C. G. Jung die Meinung, daß das Prinzip der Kombination der Hexagramme eben das der Konfluenz ist. Entsprechend der Kausalität geschieht eins nach dem anderen, ein Ereignis ist die Ursache eines anderen Ereignisses. Im *I Ging* beruht die Wirkung der Simultaneität auf mehreren Kausalketten. Jung nennt diese Koinzidenz Synchronie, Konjunktion von Zeiten. Sie ist auch eine Konjunktion von Räumen. Kurz, im zweiten Jahrzehnt des 20. Jahrhunderts tauchte in der Malerei, in der Poesie und im Roman eine Kunst zeitlicher und räumlicher Konjunktionen auf, die darauf abzielt, die Trennungen des Vorher und des Nachher, des Früheren und des Späteren, des Inneren und des Äußeren aufzuheben und das bisher Getrennte nebeneinanderzustellen. Diese Kunst hatte viele Namen. Der beste, der anschaulichste ist Simultaneismus.

Den Malern ging es um die simultane Darstellung der verschiedenen Facetten eines Gegenstandes. Ein kubistisches Bild zeigte das Innere und das Äußere eines Gegenstandes, die Vorder- und die Rückseite der Wirklichkeit; ein futuristisches Bild zeigte das Vorher und das Nachher: einen rennenden Hund oder eine Straßenbahn beim Überqueren eines Platzes. Die Malerei ist eine räumliche Kunst, das Auge kann auf einer Fläche verschiedene Darstellungen und Formen gleichzeitig sehen. Das Nebeneinander mündete in eine bildliche Anordnung, die ein visuelles Bezugssystem war. Das Prinzip dieser Art von Darstellung ist die *Kontiguität*: die Dinge befinden sich eins neben dem anderen und werden vom Betrachter gleichzeitig wahrgenommen. In den zeitlichen Künsten, wie der Musik und der Dichtung, haben die Dinge ihren Platz eins nach dem anderen. In Wirklichkeit sind die Dinge nicht fixiert, sie folgen aufeinander. Ein Laut folgt auf einen anderen, ein Wort kommt nach einem anderen oder geht einem vorauf. Das Leitprinzip ist nicht die Kontiguität, sondern die *Abfolge*. Doch zwischen Musik und Dichtung gibt es einen wesentlichen Unterschied. In der ersteren ist die Synchronie konstant: der Kontrapunkt, die Fuge, die Harmonie. Die Dichtung besteht aus Worten: Laute, die Bedeutungen sind. Jeder Laut muß deutlich gehört werden, damit der Hörer die Bedeutung wahrnehmen kann. Die Harmonie ist der Musik wesenhaft; in der Dichtung schafft sie nur Verwirrung. Die Dichtung kann nicht synchron sein, ohne ihren eigentlichen Charakter zu verlieren und ohne auf das Signifikationsvermögen des Wortes zu verzichten. Die Simultaneität ist nicht nur ein sehr wirkungsvolles Mittel, sie findet sich auch in den Grundformen des Gedichts. Der Vergleich, die Metapher, der Rhythmus und der Reim sind Verbindungen und Wiederholungen, die dem gleichen Gesetz wie dem der simultanen Darstellung gehorchen. Dies war die Herausforderung, der sich die Dichter um 1910 stellten: Wie die räumliche Simultaneität auf eine Kunst übertragen, die von der zeitlichen *Abfolge* regiert wird?

1911 tauchte in Paris der »dramatisme« auf, der später »simultanéisme« genannt wurde. Sowohl das Wort als auch das Konzept hatten etwas früher schon die Futuristen benutzt. Das Verfahren konnte nicht einfacher sein: die verschiedenen Teile eines Gedichts gleichzeitig sprechen. Die Lösung der Futuristen war rücksichtsloser: sie gaben »Konzerte«, in denen die menschliche Stimme, auf ihre Klangelemente reduziert, von der Interjektion bis zum Seufzer, sich mit anderen Geräuschen der Stadt, zum Beispiel dem Klappern von Schreibmaschinen, vermischte. Später, während des Krieges, entdeckte in Zürich der Dadaist Hugo Ball das »Zungenreden« der Urchristen, Gnostiker und Anhänger anderer Religionen wieder; zur selben Zeit erforschten in Moskau und in Petrograd auch die Kubofuturisten die Möglichkeiten der Glossolalie, die sie »transrationale Sprache« nannten. Aber die Übersetzung der Sprache in bloße, einen diffusen Sinn erzeugende Rhythmen, auch wenn sie die Juxtapasition und die Simultaneität erlaubt, reduziert die Bedeutung auf ein Minimum. Es ist eine Verarmung, und fast immer eine Verstümmelung.

Der Kubismus und vor allem der Orphismus Delaunays inspirierten die ersten Versuche Cendrars' und Apollinaires. Mit diesen beiden Dichtern beginnt der Simultaneismus erst wirklich. Im Falle des ersteren war auch der Einfluß des Kinos entscheidend: die Montage und der *flash-back*. Die Verwendung dieser kinematographischen Mittel zerbrach die Syntax und den linearen und sukzessiven Charakter des traditionellen Gedichts. Apollinaire ging noch weiter; er eliminierte fast völlig die syntaktischen Verbindungen und Zusammenhänge – ein Akt mit ähnlichen Folgen wie die Eliminierung der Perspektive in der Malerei –, wandte die Technik der Collage an, indem er stehende Redewendungen in den Text einfügte, und nutzte zuletzt auch die Juxtaposition verschiedener verbaler Blöcke. Auf diese Weise erreichte er die Konjunktion von Räumen und Zeiten in einem Text. Im Unterschied zu den kubistischen Bildern bewegen sich Apollinaires Gedichte, das heißt, sie haben nicht nur einen Anfang und ein Ende, sondern auch einen *zeitlichen Verlauf*. Der Futurismus hatte die Bewegung darzustellen versucht; die neue Poesie war in Bewegung. Andere französische Dichter folgten Apollinaire in dieser Richtung. Ich denke vor allem an Pierre Reverdy.

Etwas später machten Pound und Eliot sich den Simultaneismus zu eigen. Gleichzeitig verwandelten und erweiterten sie ihn. So schufen sie eine neue Modalität des Langgedichts und erkundeten einen Bereich, der von den französischen Dichtern nicht berührt worden war: die Geistes- und Sozialgeschichte des Okzidents. In spanischer Sprache wurde der Simultaneismus, außer in einem kurzen vorzüglichen Gedicht von José Juan Tablada, erst in meiner Generation praktiziert. Hier muß ich auf eine bedauerliche Tatsache hinweisen: Die Kritiker englischer Sprache, mit Ausnahme von Roger Shattuck, erwähnen nie den französischen Ursprung des Simultaneismus und wiederholen stets die verwegene Behauptung Pounds: die Methode der *Präsentation* – wie er diese Modalität nennt – resultiere aus seiner Lektüre von Fenollosa und seinen Übertragungen chinesischer Poesie. Obgleich ich mehr als einmal versucht habe, die Dinge zurechtzurücken, muß ich gestehen, daß ich dies nicht nur nicht erreicht habe, im Gegenteil: aufgrund der außerordentlichen Strahlkraft der angloamerikanischen Kultur wiederholen sogar die Kritiker anderer Sprachen die kanonische Version. Unter ihnen viele aus Lateinamerika ... und aus Frankreich. Niemand will in den *Cantos* und in *The Waste Land* eine äußerste Konsequenz des Simultaneismus sehen, der zehn Jahre zuvor von Apollinaire und Cendrars ins Leben gerufen worden war. Ich brauche wohl nicht hinzuzufügen, daß dieser Konsequenz nicht nur Erfolg beschieden war, sie war auch eine schöpferische Tat. Keine Nachahmung, sondern eine Veredelung durch Transplantation; das Resultat war ein neues Gewächs, üppiger, vielgestaltiger und kraftvoller als das ursprüngliche.

Der Simultaneismus – manchmal poetischer Kubismus genannt – war eine weitere, zuweilen radikale, aber fast immer wirkungsvolle Manifestation des Grundprinzips der romantischen und symbolistischen Dichtung: der Analogie. Das Gedicht ist eine Einheit in Bewegung – bewegt von der komplementären Wirkung der Affinität und des Gegensatzes zwischen den einzelnen Teilen. Sieg der Kontiguität über die Abfolge. Oder vielmehr, da das Gedicht Sprache in Bewegung ist: Verschmelzung der Kontiguität und der Abfolge, des Räumlichen und des Zeitlichen. Etwas später, am anderen Pol der Dichtung der Avantgarde – dem Surrealismus –, tauchten die

Analogie und der Humor noch direkter, augenfälliger und klarer wieder auf. Alle großen dichterischen, erotischen und metaphysischen Themen der Romantik wurden von den Surrealisten wiederaufgenommen und an ihre äußersten Grenzen getrieben. Die Achse der zwei großen dichterischen Bewegungen der ersten Hälfte unseres Jahrhunderts – Simultaneismus und Surrealismus – war die gleiche wie die der Romantik: die Idee der universalen Korrespondenz und das Bewußtsein des Bruchs – das Bewußtsein des Todes. Auch die zweideutige Beziehung der Romantik zur religiösen Tradition des Abendlandes und zu den revolutionären Bewegungen – Affinität und Überschreitung – ist bei fast allen großen Dichtern unseres Jahrhunderts wiederzufinden. Die moderne Dichtung war seit ihrer Geburt zugleich Bejahung und Verneinung der Moderne.

III. Dichtung der Konvergenz

Mit gewisser Regelmäßigkeit erheben sich Stimmen, die uns das nahe bevorstehende Ende unserer Gesellschaften ankündigen. Es hat den Anschein, als nähre sich die Moderne von den sukzessiven Negationen, die sie bewirkt, von Chateaubriand bis Nietzsche und von Nietzsche bis Valéry. In den letzten fünfundzwanzig Jahren sind die Stimmen, die Unheil und Katastrophen prophezeien, zahlreicher geworden. Sie sind nicht mehr der Ausdruck der Verzweiflung eines Einsamen oder der Angst einer Minderheit von Nonkonformisten: es sind Meinungen der Allgemeinheit, und sie verraten eine kollektive Geistesverfassung. Die Stimmung dieses Jahrhunderts gemahnt zuweilen an die Schrecken des Jahres 1000 n. Chr. oder an die düsteren Visionen der Azteken, die mit der Drohung des Endes des kosmischen Zyklus lebten. Die Moderne entstand mit der Bejahung der Zukunft als des Gelobten Landes, und heute erleben wir das Schwinden dieser Idee. Keiner weiß, was uns erwartet, und viele fragen sich: Wird den Menschen morgen noch die Sonne aufgehen? Die Manifestationen der diskreditierten Zukunft sind so zahlreich, daß jede Aufzählung unvollständig bleibt: Einige sehen die Erschöpfung der natürlichen Ressourcen voraus, andere die Kontamination des Erdballs, oder die Ausweitung der Hungersnot, oder die historische Erstarrung durch weltweite Errichtung totalitärer Ideokratien, oder die atomare Katastrophe. Gewiß, das nukleare Gleichgewicht hat uns vor einem dritten Weltkrieg bewahrt, doch für wie lange? Und selbst wenn es uns gelingt, die Katastrophe zu vermeiden, bewirkt allein die Existenz der Atomwaffen, daß sich unsere Idee des Fortschritts, sei es als graduelle Evolution oder als revolutionärer Sprung, buchstäblich verflüchtigt. Wenn die Atombombe die Welt auch nicht zerstört hat, so hat sie doch unsere Vorstellung von der Welt zerstört. Die Moderne ist tödlich getroffen: die Sonne des Fortschritts verschwindet am Horizont, und noch haben wir nicht den neuen geistigen Stern ausgemacht, der die Menschen leiten soll. Wir wissen nicht einmal, ob wir eine Abend- oder eine Morgendämmerung erleben.

Die Moderne identifizierte sich mit dem Wandel, sie begriff die Kritik als das Instrument des Wandels und identifizierte beide mit dem Fortschritt. Für Marx war auch der revolutionäre Aufstand Kritik in Aktion. Auf den Gebieten der Literatur und der Künste

war die Ästhetik der Moderne, von der Romantik bis in unsere Zeit, die Ästhetik des Wandels. Die moderne Tradition ist die Tradition des Bruchs, eine Tradition, die sich selbst negiert und dadurch fortbesteht. Die Entdeckung der Künste anderer Zivilisationen – Indien und der Ferne Osten, Afrika und Ozeanien, das präkolumbische Amerika – wurde ebenfalls als Bruch der zentralen Tradition des Okzidents gesehen und erlebt. Heute erleben wir das Ende der Ästhetik des Wandels. Die Kunst und die Literatur dieser Jahrhundertwende haben nach und nach ihre Negationskraft verloren; schon seit Jahren sind ihre Negationen rituelle Wiederholungen, ihre Rebellionen bloße Formeln, ihre Überschreitungen reine Zeremonien. Es ist nicht das Ende der Kunst: es ist das Ende der *Idee* der modernen Kunst. Das heißt: das Ende der Ästhetik, die sich auf den Kult des Wandels und des Bruchs gründet.
Die Kritik hat mit einiger Verspätung darauf aufmerksam gemacht, daß wir vor über einem Vierteljahrhundert in eine andere geschichtliche Periode eingetreten sind und daß eine andere Kunst begonnen hat. Es wird viel von der Krise der Avantgarde gesprochen, und um unsere Epoche zu bezeichnen, hat man den Ausdruck »Postmoderne« populär gemacht. Ein zwiespältiger und widersprüchlicher Name, wie die Idee der Moderne selbst. Was nach dem Modernen kommt, kann nur das Ultramoderne sein: eine Moderne, die noch moderner ist als die von gestern. Die Menschen haben nie den Namen der Zeit gewußt, in der sie leben, und wir sind keine Ausnahme von dieser allgemeinen Regel. Sich *postmodern* nennen ist eine eher naive Art zu sagen, daß wir sehr modern sind. Nun aber ist das, was in Frage ge-

stellt wird, die lineare Konzeption der Zeit und ihre Identifikation mit der Kritik, dem Wandel und dem Fortschritt –, die Zeit, die auf die Zukunft hin, als das Land der Verheißung, offen ist. Sich *postmodern* nennen heißt, weiterhin Gefangener der sukzessiven, linearen und progressiven Zeit zu sein.

Wenn der Begriff *Postmoderne* weniger ein Name als eine Maske ist, was dann von dem Ausdruck *postmodernism* sagen, den die angloamerikanischen Kritiker benutzen, um die gegenwärtige Kunst zu benennen? Für sie bezeichnet das Wort *modernism* diesen Komplex von Werken, Autoren und Tendenzen, welche Namen wie Joyce, Pound, Eliot, William Carlos Williams, Hemingway und andere evozieren. Doch jeder weiß, daß in spanischer Sprache mit *modernismo* die erste literarische Bewegung Hispanoamerikas und Spaniens bezeichnet wird. Modernisten waren Rubén Darío und Valle-Inclán, Juan Ramón Jiménez und Leopoldo Lugones, José Martí und Antonio Machado: mit ihnen beginnt unsere moderne Tradition, und ohne sie gäbe es unsere zeitgenössische Tradition nicht. In Wirklichkeit wurden die verschiedenen Tendenzen, Werke und Autoren, welche die Angloamerikaner unter dem Begriff »modernism« zusammenfassen, in Frankreich und im übrigen Europa, wie auch in Spanischamerika, immer mit einem nicht minder pauschalen Namen bezeichnet: Avantgarde.* All dies ignorieren und eine Bewegung englischer Sprache dreißig Jahre nach der unseren »modernism« nennen verrät kulturelle Arroganz, Ethnozentrismus und Gleichgültigkeit gegenüber der Geschichte. Gleiches trifft zu auf das Wort *post-*

* Ein Beispiel von vielen: das Buch von Guillermo de la Torre, *Literaturas europeas de vanguardia*, erschienen 1925.

modernism, womit die zeitgenössische Kunst und Literatur der Vereinigten Staaten und anderer Länder bezeichnet wird. Das Traurigste – Komischste – ist, daß diese Begriffe, in der besonderen Bedeutung, die ihnen die Angloamerikaner geben, nicht nur in verschiedenen europäischen Ländern in Gebrauch kommen, sondern auch in Hispanoamerika und in Spanien. Diese Klarstellung ist nicht unnütz, noch spiegelt sie einen überholten Nationalismus wider: der Streit um den *Modernismus* ist kein Streit um Worte, sondern um Bedeutungen, Konzepte und geschichtliche Tatsachen. Die Welt beginnt, ein Komplex von Namen zu werden. Genauer: die Welt ist eine Welt von Namen. Wenn man uns die Namen nimmt, nimmt man uns unsere Welt.

Für die Alten war der Zauber der Vergangenheit der des Goldenen Zeitalters: das ursprüngliche Paradies, das wir einst verlassen haben; für die modernen Menschen war die Zukunft der erwählte Ort, das Land der Verheißung. Das Jetzt aber ist immer die Zeit der Dichter und der Verliebten, der Epikureer und einiger Mystiker gewesen. Der Augenblick ist die Zeit der Lust, aber auch die Zeit des Todes, die Zeit der Sinne und die der Offenbarung des Jenseits. Ich glaube, der neue Stern – der am geschichtlichen Horizont noch nicht aufgegangen ist, doch der sich indirekt bereits in vielfacher Weise ankündigt – wird der des *Jetzt* sein. Die Menschen werden sehr bald eine Moral, eine Politik, eine Erotik und eine Poetik der gegenwärtigen Zeit schaffen müssen. Der Weg zur Gegenwart führt durch den Körper, doch kann noch darf er nicht verwechselt werden mit dem mechanischen und promiskuitiven Hedonismus der modernen Gesellschaft der westlichen Welt. Die

Gegenwart ist die Frucht, in der Leben und Tod sich verbinden.

Die Dichtung ist immer die Vision einer Gegenwart gewesen, in der sich die beiden Extreme versöhnen. Vielfältige Gegenwart: im Laufe der Geschichte hat sie oft ihr Gesicht und ihren Namen gewechselt; trotzdem ist sie durch all diese Wandlungen hindurch eine einzige. Sie hebt sich in der Mannigfaltigkeit ihrer Erscheinungen nicht auf; selbst wenn sie mit der Leere identifiziert wird, wie in der buddhistischen Tradition und bei einigen modernen Dichtern des Okzidents, manifestiert sie sich – ein berühmtes Paradoxon – als Gegenwart. Sie ist keine Idee: sie ist reine Zeit. Zeit und nicht Maß: diese singuläre, einzigartige und besondere Zeit, die sich eben jetzt manifestiert und die sich von Anbeginn an unaufhörlich manifestiert. Die Gegenwart ist das verkörperte Jetzt.

Gelegentlich habe ich die Dichtung dieser anbrechenden Zeit »Kunst der Konvergenz« genannt. Damit setzte ich sie in Gegensatz zur Tradition des Bruchs: »Die Dichter der modernen Ära suchten das Prinzip des Wandels; wir Dichter eines neuen Zeitalters suchen das unwandelbare Prinzip, das die Grundlage der Wandlungen ist. Wir fragen uns, ob die *Odyssee* und *A la recherche du temps perdu* nicht etwas gemeinsam haben. Die Ästhetik des Wandels betonte den geschichtlichen Charakter des Gedichts. Heute fragen wir uns: Gibt es einen Punkt, an dem das Prinzip des Wandels mit dem der Beständigkeit verschmilzt? ... Die Dichtung, die an dieser Jahrhundertwende beginnt, beginnt nicht wirklich, sie kehrt auch nicht zu ihrem Ausgangspunkt zurück: sie ist ein ständiger Neubeginn und eine ständige Umkehr.

Die Dichtung, die jetzt beginnt, ohne zu beginnen, sucht den Schnittpunkt der Zeiten, den Punkt der Konvergenz. Sie bejaht, daß zwischen der heterogenen Vergangenheit und der unbewohnten Zukunft die Dichtung die Gegenwart ist.« Ich schrieb diese Zeilen vor fünfzehn Jahren. Heute würde ich hinzufügen: Die Gegenwart manifestiert sich in der Gegenwärtigkeit und die Gegenwärtigkeit ist die Versöhnung der drei Zeiten. Dichtung der Versöhnung: die in einem datenlosen Jetzt verkörperte Imagination.

México, 12. August 1968

3.
Dichtung, Mythos, Revolution*

La Révolution confirme, par le sacrifice, la superstition.

Charles Baudelaire

Es ist sehr schwer, mit wenigen und klaren Worten auszudrücken, was ich empfinde: freudige Erregung, Dankbarkeit, Überraschung. Vor allem aber hat es mich bewegt, daß Sie, Herr Präsident, die Güte gehabt haben, mir den Preis Alexis de Tocqueville persönlich zu überreichen. Nie werde ich diese Ihre Geste vergessen. Ihre großherzigen Worte verstärken meine Emotion noch: ich sehe darin diesen überaus wertvollen Freundschaftsbeweis, den ein Schriftsteller manchmal einem Kollegen anderer Sprache gibt, mögen diese Sprachen einander auch so nahe sein wie das Spanische und das Französische. Meine Dankbarkeit ist daher eine doppelte: Sie gilt dem französischen Staatsmann und dem Schriftsteller einer Sprache, deren Literatur meine zweite geistige Heimat gewesen ist.

In meinen Dank an die Jury der Fondation Alexis de Tocqueville mischt sich ein leichtes, sehr angenehmes Gefühl von Irrealität. Als Monsieur Alain Peyrefitte die Freundlichkeit hatte, mir die Entscheidung der Jury zu verkünden, war meine erste Reaktion, ich gestehe es, Verwunderung und sogar Ungläubigkeit: Warum mir, einem Dichter? Bald ahnte ich den Grund: Immer wieder habe ich, veranlaßt durch be-

* Rede anläßlich der Entgegennahme des Preises Alexis de Tocqueville aus den Händen des Präsidenten François Mitterrand.

stimmte Ereignisse in meinem Leben wie auch durch die Veränderungen und Wirren der Welt und meines Landes, am öffentlichen Leben teilgenommen und habe einige Bücher über die Geschichte und die Politik unserer Zeit geschrieben. Jenseits des fraglichen Werts meiner Schriften glaube ich, daß man mit mir, dem Schriftsteller eines Kontinents, der, oft hin- und hergerissen zwischen der erzwungenen Unbeweglichkeit der Despotismen und den Konvulsionen der Sektierer, eine Treue hat auszeichnen wollen. Tatsächlich habe ich immer versucht, dieser Haltung treu zu sein, die beispielhaft ist für die Person und das Werk Alexis de Tocquevilles und die wie folgt resümiert werden kann: Meine Freiheit beginnt mit der Anerkennung der Freiheit der anderen. Zu Beginn des modernen Zeitalters, angesichts eines Schauspiels, das sich später oft wiederholt hat: der als Befreier maskierte Tyrann, schrieb Chateaubriand diese prophetischen Worte:

La Révolution m'aurait entraîné ... mais je vis la première tête portée au bout d'une pique et je reculai. Jamais le meurtre ne sera à mes yeux un argument de liberté; je ne connais rien de plus servile, de plus lâche, de plus borné qu'un terroriste. N'ai je pas rencontré toute cette race de Brutus au service de César et sa police?

(»Die Revolution hätte mich mitgerissen ... aber ich sah den ersten Kopf auf der Spitze einer Pike und ich schreckte zurück. Nie wird Mord in meinen Augen ein Argument der Freiheit sein; ich kenne nichts, das so servil, so feige, so borniert ist wie ein Terrorist. Bin ich da nicht dieser ganzen Sippschaft von Brutus im Dienste Cäsars und seiner Polizei begegnet?«)

Von Jugend an habe ich Gedichte geschrieben und habe nicht aufgehört, welche zu schreiben. Ich wollte Dichter sein und weiter nichts. In meinen Prosabüchern habe ich versucht, der Dichtung zu dienen, sie zu rechtfertigen und zu verteidigen, sie den anderen und mir selbst zu erklären. Bald entdeckte ich, daß die Verteidigung der Dichtung, die in unserem Jahrhundert geringgeschätzt wird, untrennbar ist von der Verteidigung der Freiheit. Daher mein leidenschaftliches Interesse an den politischen und sozialen Problemen, die unsere Zeit bewegt haben. Nach dem Zweiten Weltkrieg lernte ich André Breton und seine Freunde kennen. Viele seiner philosophischen und ästhetischen Ideen kann ich heute nicht teilen, doch meine Bewunderung ist ungeschmälert. In seinen Schriften wie in seinem Leben zeigen sich die Freiheit und die Dichtung mit demselben flammenden Antlitz, verführerisch und ungestüm zugleich. Auch er, wie auf der anderen Seite Chateaubriand, verwechselte nie den Tyrannen mit dem Befreier. Freiheit ist keine Philosophie und nicht einmal eine Idee; sie ist eine Regung des Gewissens, die uns in manchen Augenblicken dazu führt, zwei Einsilber auszusprechen: Ja oder Nein. In ihrer augenblickhaften Kürze erscheint wie im Licht des Blitzes das Signum der menschlichen Natur: die Widersprüchlichkeit.
Die ganze Geschichte hindurch und bei den verschiedensten Gelegenheiten haben die Dichter am politischen Leben teilgenommen. Ich beziehe mich nicht auf die Konzeption der Dichtung als einer Kunst im Dienste eines Staates, einer Kirche oder einer Ideologie. Wir wissen, daß diese Konzeption, die so alt ist wie die politischen und ideologischen Mächte, stets das gleiche Resultat gezeitigt hat: die

Staaten zerfallen, die Kirchen spalten sich oder versteinern, die Ideologien verschwinden – die Dichtung aber bleibt. Nein: ich meine die freimütige Beteiligung des Dichters an den Angelegenheiten des Staates. Selbst in Gesellschaften, die politische Freiheit nicht kannten, wie das alte China, gab es nicht wenige Dichter, die zum Gang der Staatsgeschäfte beitrugen. Viele zögerten nicht, den Amtsmißbrauch des Sohnes des Himmels zu tadeln, und so mancher erlitt ob seiner freien Meinungsäußerung Strafen wie Gefängnis oder Verbannung. Auch im Abendland ist diese Tradition sehr stark gewesen, ich erinnere nur an die griechischen und römischen Dichter. Zwei große Dichter unserer Tradition, der Florentiner Dante und der Engländer Milton, waren auch hervorragende politische Denker. Ersterem verdanken wir den Traktat *De monarchia libri tres* und letzterem kühne Plädoyers für die Gewissensfreiheit wie seine berühmte Verteidigung des Rechts auf Scheidung oder seine Kritik der vom Parlament dekretierten Zensur, die er den Mut hatte, vor ebendiesem Parlament vorzutragen.

Diese historischen Präzedenzfälle dürfen uns nicht darüber hinwegtäuschen, daß es zwischen solchem Verhalten und der Situation der modernen Dichter einen wesentlichen Unterschied gibt. Die chinesischen Dichter kritisierten den Thron, doch sie gehörten der kaiserlichen Bürokratie an; fast alle waren sie hohe Beamte, und die Kritik gehörte zur moralischen und geistigen konfuzianischen Tradition. Dante und Milton sahen sich in Kontroversen verwickelt, in denen die Politik von der Religion nicht zu unterscheiden war. Die Meinungen beider lagen in der Theologie begründet. Sie kämpften in dieser Welt mit

Blick auf die andere Welt und mit Argumenten, die dem Jenseits entstammten. Im letzten Kreis der Hölle gesellt Dante dem Erzverräter Judas Ischariot zwei Feinde des Imperiums zu: Brutus und Cassius. Für Dante war die Wirklichkeit dieser Welt ein Abbild der wirklicheren Wirklichkeit der Überwelt; deshalb waren die politischen Delikte Sache der göttlichen Gerichtsbarkeit. In den griechischen Stadtstaaten und in der römischen Republik war der Einfluß der Religion weniger stark; die Streitfragen, die die Bürger in zwei Lager teilten, waren deutlich politisch und nicht von Theologie gefärbt. Bei Dante ebenso wie in der griechisch-römischen Antike fehlt ein zentrales Element, das das Unterscheidungsmerkmal, das Signum der Geburt des modernen Zeitalters ist: die Idee der Revolution. Es ist eine Idee, die erst in unserer Epoche auftauchen konnte, denn sie ist das Erbe Griechenlands und des Christentums, das heißt der Philosophie und des Verlangens nach Erlösung. In keiner anderen geschichtlichen Periode hat die Idee der Revolution diese magnetische Anziehungskraft gehabt. Andere Zivilisationen und Gesellschaften erfuhren ungeheure Veränderungen – Tumulte, Untergang von Dynastien, Bruderkriege –, doch nur ihre großen religiösen Wandlungen können mit unserer Faszination von der Revolution verglichen werden. Es ist eine Idee, die über zwei Jahrhunderte hindurch von Generation zu Generation viele Menschen mit Gewissen und Verantwortung in ihren Bann geschlagen hat. Sie war der Polarstern, der Leitstern unserer Wanderungen und die heimliche Sonne, die die Nächte vieler Einsamer erhellt und erwärmt hat. In ihr haben sich die Gewißheiten der Vernunft und die Hoffnungen der religiösen Bewegungen verbunden.

Seit ihrem Auftauchen am historischen Horizont war die Revolution eine zweifache: Tat gewordene Vernunft und providentielle Tat, rationaler Entschluß und wundertätige Aktion, Geschichte und Mythos. Als Kind der Vernunft in ihrer strengsten und hellsten Gestalt ist die Kritik, nach dem Bild der Revolution, zugleich schöpferisch und zerstörerisch, besser gesagt: indem sie zerstört, erschafft sie. Die Revolution ist dieser Augenblick, da die Kritik sich in Utopie verwandelt und die Utopie sich in einigen Menschen und in einer Aktion verkörpert. Die Herabkunft der Vernunft auf die Erde war eine wahre Epiphanie, und als solche wurde sie von ihren Protagonisten und später von ihren Interpreten erlebt. Erlebt und nicht gedacht. Für fast alle war die Revolution eine Konsequenz gewisser rationaler Postulate und der allgemeinen Evolution der Gesellschaft; fast keinem war bewußt, daß man eine Wiedererstehung erlebte. Gewiß, die Revolution scheint eine absolute Neuheit zu sein; sie bricht mit der Vergangenheit und instauriert ein rationales, gerechtes Regime, das sich von dem alten grundlegend unterscheidet. Gleichwohl wurde diese absolute Neuheit als eine Rückkehr zum Uranfang gesehen und erlebt. Die Revolution ist die Rückkehr zur Zeit des Ursprungs, vor der der Ungerechtigkeit, vor diesem Augenblick, als, wie Rousseau sagt, ein Mensch ein Stück Land einzäunte und behauptete: »Das gehört mir.« An dem Tag begann die Ungleichheit und mit ihr die Zwietracht und die Unterdrückung: die Geschichte. Kurz, die Revolution ist eine eminent historische Tat, und trotzdem ist sie eine die Geschichte negierende Tat: die neue Zeit, die sie begründet, ist eine Restauration der ursprünglichen Zeit. Als Kind der Geschichte und der Vernunft ist die Revolution das Kind der linearen, sukzessiven und unwiederholbaren Zeit; als Kind des Mythos ist die Revolution ein Augenblick der zyklischen Zeit, wie der Kreislauf der Gestirne und der Reigen der Jahreszeiten. Die Revolution ist ihrem Wesen nach dual, aber wir können sie nur denken, wenn wir ihre beiden Elemente voneinander trennen und das mythische als einen Fremdkörper beiseite lassen ... und wir können sie nur (er)leben, wenn wir beide Elemente miteinander verbinden. Wir denken sie als ein Phänomen, das der Voraussicht der Vernunft entspricht; wir (er)leben sie als ein Mysterium. In diesem Rätsel liegt das Geheimnis ihrer Faszination.

Das moderne Zeitalter zerriß das alte Band, das die Dichtung mit dem Mythos vereinte, doch nur, um sie gleich darauf mit der Idee der Revolution zu verbinden. Diese Idee proklamierte das Ende der Mythen – und wurde so zum zentralen Mythos der Moderne. Die Geschichte der modernen Dichtung, von der Romantik bis in unsere Zeit, war lediglich die Geschichte ihrer Beziehung zu diesem Mythos, klar und kohärent wie ein mathematischer Beweis, turbulent wie das Urchaos. Inbrünstige und extreme Beziehungen, von der Verführung bis zum Grauen, von der Devotion bis zum Anathema, von der Idolatrie bis zur Abschwörung – die ganze Skala der beiden großen Leidenschaften: Liebe und Religion. Hölderlins Begeisterung für den jungen Bonaparte und seine Enttäuschung, als er ihn als den Kaiser Napoleon sieht; Wordsworths Sympathie für die Girondisten und sein Abscheu vor Robespierre sind nur zwei Beispiele für die wankelmütige Haltung der deutschen und englischen Romantiker gegenüber der Französischen Revolution. Diese heftigen Schwankungen wiederholen sich im Laufe des 19. Jahrhunderts gegenüber jeder revolutionären Bewegung und erreichen im 20. Jahrhundert ihren Höhepunkt in den Wallungen widersprüchlicher Gefühle – vom Fanatismus bis zum Ekel –, die der nachhaltige Einfluß der bolschewistischen Revolution in der ganzen Welt hervorrief.

Die Zustimmung, die alle Revolutionen erlangen, läßt sich in erster Linie dadurch erklären, daß wir Menschen das Bedürfnis haben, uns aus unserer unglücklichen Lage ein für allemal zu befreien. Es gibt Epochen, in denen dieses Bedürfnis nach Befreiung durch das Verschwinden der traditionellen Glaubensüberzeugungen stärker und dringlicher wird. Die alten Götter, vom Aberglauben zernagt, vom Fanatismus erniedrigt und von der Kritik zerrüttet, zerfallen; zwischen den Trümmern lichtert die Sippschaft der Phantome: zuerst erscheinen sie als strahlende Ideen, doch bald werden sie vergöttert, verwandeln sich in schreckliche Idole. Mag es auch andere Erklärungen des revolutionären Phänomens geben – ökonomische, psychologische, politische –, sie beruhen alle, ohne falsch zu sein, im wesentlichen auf diesem Umstand. Ein Glaube, der aus der Leere, welche die alten Glaubensanschauungen hinterlassen haben, entsteht und der sich gleichzeitig vom Bewußtsein unseres Elends und vom rationalen Denken nährt, ist zäh und resistent; eigensinnig verschließt solch ein Glaube die Augen vor der Inkohärenz seiner Doktrin wie vor den Greueltaten seiner Führer. Darin ähnelt der revolutionäre Glaube dem religiösen: weder das Gemetzel von 1792 noch das Blutbad der Bartholomäusnacht, noch die Konzentrationslager Stalins brachten die Überzeugungen der Gläubigen ins Wanken. Indes gibt es einen Unterschied: Die revolutionären Glaubensüberzeugungen sind der Prüfung durch die Zeit unterworfen, während die religiösen einem von der Zeit und ihrem Wandel unberührten Jenseits verhaftet sind. Die Revolutionen sind historische, das heißt zeitliche Phänomene. Die Kritik der Zeit ist unwiderlegbar, da sie die Kritik der Wirklichkeit ist: sie zeigt, ohne zu beweisen. Und was sie zeigt, ist, daß die Revolution als Verheißung beginnt, in frenetische Agitationen ausartet und zu blutigen Diktaturen verkommt, welche die Verleugnung des Impulses sind, der sie entflammt hatte. In allen revolutionären Bewegungen wird die heilige Zeit des Mythos unausweichlich zur profanen Zeit der Geschichte.

Nach jedem Scheitern keimt die Hoffnung erneut auf. Die Begeisterung Shelleys widerlegt Coleridges Enttäuschung, und Heine schreibt *De l'Allemagne depuis Luther* (»Über Deutschland seit Luther«), um auf Madame de Staël zu antworten und die Dichter der vorhergehenden Generation lächerlich zu machen, die anfangs Sympathien für die Französische Revolution gezeigt hatten, ihr am Ende aber feindlich gegenüberstanden. Der Zyklus von Anhängerschaft-Ablehnung-Anhängerschaft wiederholt sich über mehr als zwei Jahrhunderte, zuerst in Europa und dann in der ganzen Welt. Das dichterische Wort war zugleich Prophetie, Anathema und Elegie der modernen Revolution. Wiewohl die Unterschiede und Gegensätze zwischen den zwei großen revolutionären Prototypen (die Französische Revolution von 1789 und die Russische Revolution von 1917) größer sind als die Ähnlichkeiten, waren die Gefühle, die sie weckten, von demselben affektiven Rhythmus von Anziehung und Abneigung bestimmt. Obgleich die religiöse Funktion der modernen Revolutionen durch ihren eminent historischen Charakter stets konterkariert wurde, entstanden in der folgenden Generation ähnliche Bestrebungen und Chimären. Oder man schuf sich persönliche Mythologien. Hier zeigt sich ein weiterer Unterschied zwischen der modernen Dichtung und der von gestern: für Dante waren die Heiligen Schriften, Achse der universalen Analogie, der Schlüssel seiner Dichtung; Blake dagegen schuf eine Mythologie mit Fragmenten des Gnostizismus und der hermetischen Tradition. Viele Dichter griffen zu demselben Mittel, ich erinnere nur an die Glaubensanschauungen von Nerval oder Victor Hugo und, im 20. Jahrhundert, an die Theosophie Yeats' oder den Okkultismus Bretons. Der Grund für dieses scheinbare Paradox: die öffentliche Religion der Moderne war die Revolution, und die Dichtung war ihre Privatreligion.

Die Revolutionen wurden von jenen kritisiert, die sich nach der alten Ordnung sehnten, wie auch von den Liberalen (im weitesten Sinne des Wortes liberal: weniger eine Doktrin als eine philosophische oder politische Grundstimmung). Im Gegensatz zur reaktionären Kritik zeigte die liberale Kritik Wirkung: Sie zerstörte die ideologischen Gebäude der Revolutionen, riß ihnen die religiöse Maske ab und zeigte sie in ihrer profanen historischen Nacktheit. Der Liberalismus hatte nicht die Absicht, diese Gebäude durch andere zu ersetzen; ebender Charakter dieser geistigen, wesentlich kritischen Tradition verbot ihm, wie auch den anderen großen politischen Philosophien, eine Metahistorie anzubieten. Diese hat es vor den Religionen gegeben; der Liberalismus hatte dafür keinen Ersatz anzubieten und beschränkte die Religion auf die Privatsphäre. Er gründete die Freiheit auf die einzige Grundlage, die sie konstituieren kann: die Autonomie des Gewissens und die Anerkennung der Autonomie des Gewissens anderer. Das war bewundernswert, aber auch schrecklich: es schloß uns in einen Solipsismus ein, zerstörte die Brücke, die das Ich mit dem Du verband und beide mit der dritten Person: dem anderen, den anderen. Zwischen Freiheit und Brüderlichkeit gibt es keinen Widerspruch, sondern Distanz – eine Distanz, die der Liberalismus nicht hat überwinden können. Was könnte die Grundlage der Brüderlichkeit sein? In Anlehnung an die Alten wollten Robespierre und Saint-Just die Solidarität der Bürger auf die Tugend gründen. Doch was kann die Grundlage der Tugend sein? Die Jakobiner, wie später ihre Nachfahren, die Bolschewiken, stellten sich diese Frage nicht. Besser gesagt: ihre Antwort war die Tugend per Dekret, der Terror. Aber der Terror kann nur zwei unversöhnliche Brüderlichkeiten schaffen: die der Henker und die der Opfer.

Der demokratische Liberalismus ist eine zivilisierte Form des Zusammenlebens. Für mich ist sie die beste von allen, welche die politische Philosophie konzipiert hat. Gleichwohl hat der demokratische Liberalismus auf die Hälfte der Fragen, die wir Menschen uns stellen, keine Antwort: die Frage nach der Brüderlichkeit, nach dem Ursprung und dem Ende, die Frage nach dem Sinn und dem Wert des Lebens. Das moderne Zeitalter hat den Individualismus verherrlicht und war somit die Periode der Zersplitterung des Geistes. Die Dichter waren für diese Leere besonders empfindlich. Um 1851 schrieb Baudelaire in sein Tagebuch:

Le monde va finir ... Je ne dis pas que le monde sera réduit au desordre bouffon des républiques du Sud Amérique ou que peut-être nous retournerons à l'état sauvage ... Non ... La mécanique nous aura tellement américanisés, le progrès aura si bien atrophié en nous toute la partie spirituelle, que rien parmi les rêveries sanguinaires des utopistes ne pourra être comparé à ses resultats positifs ... Mais ce n'est pas par des institutions politiques que se manifestera la ruine universelle (ou le progrès universel, car peu m'importe le nom). Ce sera par l'avilissement des cœurs ...

(»Die Welt geht ihrem Untergang entgegen ... Ich will nicht behaupten, daß die Welt der äußersten Ratlosigkeit und dem possenhaften Durcheinander der südamerikanischen Republiken verfallen wird, daß wir vielleicht auf die Stufe der Wilden zurücksinken ... Nein ... Die Mechanisierung wird uns derart amerikanisiert haben, der Fortschritt die Verkümmerung unseres geistigen Teiles so vollkommen gemacht haben, daß auch der blutrünstigste, ruchloseste und widernatürlichste aller Träume der Utopisten harmlos erscheinen wird im Vergleich zu solchen positiven Ergebnissen ... Aber nicht eigentlich die politischen Einrichtungen werden den allgemeinen Verfall offenbaren, oder den allgemeinen Fortschritt – denn die Benennung ist mir gleichgültig. Dieser wird vielmehr deutlich werden durch die Erniedrigung des menschlichen Herzens ...«)*

Neunzig Jahre später, als setzte er die Reflexion Baudelaires fort, sieht Eliot in einem seiner *Four Quar-*

* Übersetzung von Friedhelm Kemp.

tets unsere Welt, die wir vom Fortschritt bewegt glauben, als endlosen Sturz der Leere in die Leere:

O dark dark dark. They all go into the dark,
The vacant interstellar spaces, the vacant into the vacant,
The captains, merchant bankers, eminent men of letters,
The generous patrons of art, the statesmen and the rulers,
Distinguished civil servants, chairmen of many committees,
Industrial lords and petty contractors, all go into the dark,
And dark the Sun and Moon, and the Almanach de Gotha
And the Stock Exchange Gazette, the Directory of Directors,
And cold the sense and lost the motive of action.
And we all go with them, into the silent funeral,
Nobody's funeral, for there is no one to bury.

O Dunkel Dunkel Dunkel. Sie alle gehen ein ins Dunkel.
Die leeren Räume zwischen den Gestirnen, die Leere in der Leere,
Kapitäne und Kaufherrn, berühmte Literaten,
Großzügige Kunstmäzene, Staatsmänner und Herrscher,
Verdiente Beamte, Vorsitzende vieler Ausschüsse,
Industriebarone und kleine Unternehmer, alle gehn ein ins Dunkel.
Dunkel sind Sonne und Mond und der Almanach de Gotha,

Die Börsenzeitung und das Verzeichnis der
Aufsichtsräte –
Und kalt der Sinn, verloren der Antrieb zum
Handeln.
Wir alle begleiten sie, ins stille Begräbnis
Niemandes Begräbnis, denn es ist niemand zum
Begraben da.*

Ich könnte weitere Zeugnisse anführen, doch mir scheint, daß die zwei, die ich hier erwähnt habe, genügen, um die geistige Verfassung der Dichter angesichts der Katastrophen der Moderne zu veranschaulichen. Die Reflexionen Baudelaires und die Verse Eliots sind ein düsterer Kontrapunkt zu den enthusiastischen Hymnen Whitmans und Victor Hugos. Die einen wie die anderen sind Beispiele der Spaltung, besser gesagt der Zerrissenheit der modernen Dichtung. Diese Zerrissenheit ist das Merkmal, das sie von der Dichtung anderer Epochen und Zivilisationen unterscheidet. Aufgehoben in den Händen der Zeit, in der Schwebe zwischen Mythos und Geschichte, konsekriert die moderne Dichtung eine andere, ältere Brüderlichkeit als die der Religionen und Philosophien, eine Brüderlichkeit, die entstand aus dem Gefühl der Einsamkeit des Primitiven inmitten der fremden und feindlichen Natur. Im Unterschied zu ihm erleben wir heute diese Einsamkeit nicht nur angesichts des Kosmos, sondern auch gegenüber unseren Nachbarn. Trotzdem wissen wir alle, jeder in seinem Zimmer, daß wir nicht wirklich allein sind: es gibt Brüderlichkeit über der Leere.
Nach einer langen Periode politischer Stagnation, immer am Rande des Abgrunds, vor Augen immer das

* Übersetzung von Nora Wydenbruck.

Schreckgespenst eines neuen totalen Krieges und die Bedrohung der Auslöschung des Menschengeschlechts, waren wir in den letzten zwanzig Jahren Zeugen einer Reihe erstaunlicher Veränderungen, Vorboten einer neuen Ära, die jetzt vielleicht anbricht. Erstens das Ende des revolutionären Mythos an ebendem Ort seiner Geburt, in Westeuropa, das sich heute vom Krieg erholt hat, das prosperiert und in jedem Land der Gemeinschaft die freiheitliche demokratische Regierung gefestigt hat. Sodann die Rückkehr zur Demokratie in Lateinamerika, obgleich es, beengt vom Halseisen der Schulden, noch schwankt zwischen dem Phantom der populistischen Demagogie und dem Militarismus – seine beiden endemischen Krankheiten. Und schließlich die Veränderungen in der Sowjetunion und den anderen europäischen totalitären Regimen. Was auch immer diese Reformen bewirken mögen, sicher ist, daß sie das Ende des Mythos des autoritäten Sozialismus bedeuten. Diese Wandlungen sind eine Selbstkritik und kommen einem Bekenntnis gleich. Deshalb habe ich vom Ende einer Ära gesprochen: Wir erleben die Agonie der Revolutionsidee in ihrer letzten und unheilvollen Verkörperung, der bolschewistischen Version. Es ist eine Idee, die lediglich in einigen peripheren Regionen und bei Wahnsinnssekten wie den peruanischen Terroristen überlebt. Wir wissen nicht, was die Zukunft für uns bereithält: virulente Nationalismen, ökologische Katastrophen, Wiederaufleben verschütteter Mythologien, neue Fanatismen, vielleicht aber auch Entdeckungen und Schöpfungen: die Geschichte und ihr Gefolge von Schrecken und Wundern. Auch wissen wir nicht, ob die Völker der Sowjetunion neue Formen der Unterdrückung erfahren oder eine originäre slawische Ver-

sion der Demokratie kennenlernen werden. Auf jeden Fall stirbt der revolutionäre Mythos. Wird er wiederaufleben? Das glaube ich nicht. Nicht eine Heilige Allianz tötet ihn: er stirbt eines natürlichen Todes.
Joyce sagte, die Geschichte ist ein Alptraum. Er irrte: Alpträume verschwinden beim ersten Morgenlicht, wohingegen die Geschichte erst mit dem Tod des Menschengeschlechts enden wird. Wir sind Menschen durch sie und in ihr; hörte sie auf zu existieren, würden wir aufhören, Menschen zu sein. Aber das Ende des revolutionären Mythos läßt uns vielleicht wieder an die Prinzipien, die unsere Gesellschaft begründet haben, denken und an deren Mängel und Lücken. Am Ende des Kampfes gegen den totalitären Aberglauben erleichtert, können wir jetzt freier über unsere Tradition nachdenken. Damit taucht das Thema der *Tugend* der Bürger wieder auf. Es ist ein Thema, das dem klassischen Altertum entstammt; es beschäftigte gleichermaßen Machiavelli und Montesquieu und ist heute in vielen Ländern von schmerzlicher Aktualität, zumal in der angloamerikanischen Demokratie, die sich auf die puritanische Ethik gründet. Kant hat uns gelehrt, daß man eine Moral nicht auf die Geschichte gründen kann, weil sie unablässig im Fluß ist und wir nicht einmal wissen, ob irgendein Gesetz oder eine Absicht ihren launenhaften Lauf bestimmt. Auch ist uns bewußt, daß die metahistorischen Systeme – seien sie religiös oder metaphysisch, konservativ oder revolutionär – die Freiheit erdrosseln und die Brüderlichkeit letztlich korrumpieren. Das Denken der kommenden Ära – falls wirklich eine neue Ära beginnt – wird den Konvergenzpunkt zwischen Freiheit und Brüderlichkeit finden müssen. Wir müssen unsere Tradition überdenken, sie er-

neuern und die Versöhnung der beiden großen politischen Traditionen der Moderne, des Liberalismus und des Sozialismus, anstreben. Ich wage zu sagen, Ortega y Gasset paraphrasierend, daß dies das »Thema unserer Zeit« ist. Mir scheint, daß nun die Zeit für ein Unternehmen dieses Ausmaßes gekommen ist; in einigen zeitgenössischen Werken – zum Beispiel in dem von Cornelius Castoriadis – sehe ich bereits den Ansatz zu einer Antwort.
Wie könnte die Dichtung zur Konstitution eines neuen politischen Denkens beitragen? Nicht mit neuen Ideen, sondern mit etwas, das kostbarer und fragiler ist: die Erinnerung. Jede Generation von Dichtern entdeckt die uralten und doch so jungen Leidenschaften von neuem. In den Schulen und Universitäten, wo die sogenannten politischen Wissenschaften gelehrt werden, sollte die Lektüre von Aischylos und Shakespeare obligatorisch sein. Die Dichter nährten das Denken von Hobbes und Locke, von Marx und Tocqueville. Durch den Mund des Dichters spricht – ich unterstreiche: *spricht*, nicht schreibt – die *andere Stimme*. Es ist die Stimme des tragischen Dichters und die des Narren, die der einsamen Melancholie und die des Festes, es ist das Gelächter und der Seufzer, es ist die Stimme der sich umarmenden Liebenden und die Hamlets vor dem Totenschädel, die Stimme der Stille und die des Tumults, verrückte Weisheit und kluge Verrücktheit, das vertrauliche Geflüster im Schlafzimmer und das Wogen der Menge auf dem Platz. Diese Stimme hören heißt die Zeit selbst hören, die Zeit, die verstreicht und die trotzdem wiederkehrt in ein paar kristallinen Silben.

México, Juni 1989

Dichtung an der Jahrhundertwende

1.
Die wenigen und die vielen

Jede Reflexion über die Dichtung sollte mit der folgenden Frage beginnen oder enden: Wie viele und welche Menschen lesen Gedichte? Ich habe geschrieben *Gedichte*, nicht Dichtung, denn über letztere läßt sich endlos diskutieren, wohingegen man sich leicht über die Bedeutung des Wortes *Gedicht* einigen wird: Es ist ein Gegenstand aus Worten, dazu bestimmt, eine nicht faßbare, Definitionen trotzende Substanz zu enthalten und zu sekretieren, genannt Poesie. Obige Frage ist eine doppelte und berührt die Statistik: wie viele? und die Soziologie: wer, welche Frauen und Männer lesen Gedichte? Angesichts einer solchen Frage antwortete Juan Ramón Jiménez mit der Widmung eines seiner Bücher: *A la inmensa minoría* (Der immensen Minderheit). Das Substantiv Minderheit reduziert die Zahl der Leser auf die *happy few* Stendhals, doch das Adjektiv *immens* vergrößert sie jäh: Die wenigen sind viele. So viele, daß sie unzählbar sind, wie alles, was immens ist. Jiménez setzt der zählbaren Mehrheit eine inkommensurable Minderheit entgegen. Eine logische Unmöglichkeit: wenn sie unzählbar ist, ist die Minderheit keine Minderheit; wenn sie zählbar ist, ist sie nicht immens. Zudem, wenn die Minderheit unzählbar ist, dann wird dies auch die Mehrheit sein. Zwei Unermeßlichkeiten, zwei Unendlichkeiten? Das wäre zuviel: eine genügt, um uns zu erdrücken und buchstäblich zu nullifizieren.

Die Widmungsworte können auch anders verstanden werden: Die Leser von Gedichten, immer wenige, obgleich es viele sein mögen, haben individuell und kollektiv am Unermeßlichen teil. Und was ist das Unermeßliche? Jenes, das ohne Maß ist, oder jenes, das man unmöglich messen und ermessen kann. Die wenigen-vielen, die Gedichte lesen, dringen in inkommensurable Wirklichkeiten ein, und in diesen Wort-Spiegeln entdecken sie ihre eigene Unendlichkeit. Die Lektüre eines Gedichts bringt den Leser mit einem überpersönlichen und, in der wahren Bedeutung des Wortes, unermeßlichen Bereich in Berührung. Dieser Kontakt ist fast immer kurz. Manchmal braucht es dazu nur fünf Worte:

*D'altri diluvi una colomba ascolto**

Seien es wenige oder viele, die Leser von Gedichten sind wohl kaum jemals die Mehrheit einer Gesellschaft gewesen, außer vielleicht am Anfang der Geschichte oder in den Gemeinschaften, die wir primitiv nennen. Wie einige Ethnologen berichten, versammelten sich noch vor wenigen Jahren in den Wäldern Äquatorialamerikas Männer und Frauen bei Einbruch der Nacht um ein offenes Feuer und lauschten verzückt den Geschichten der Götter und der Genealogie ihres Stammes. Durch die Mythen, die der Stoff dieser dichterischen Berichte sind, fühlte sich jeder Mann und jede Frau der Gruppe als Teil eines zugleich natürlichen und übernatürlichen Ganzen, denn auch die toten Vorfahren waren ja Mitglieder des Stammes. Beim Schein des Feuers machte das Rezitieren von Gedichten, die vom Ursprung der Welt und der Ethnie erzählten, diese Beziehung lebendiger und verwirklichte sie, im wahrsten Sinne des Wortes, machte sie

* Von anderen Sintfluten her höre ich eine Taube (Ungaretti).

real. Der Stamm wurde für eine oder zwei Stunden eine wahre dichterische Gemeinschaft, welche die Lebenden und die Toten umfaßte.
Doch mit dem Anfang der Geschichte – im eigentlichen Wortsinn –, als die Menschen die Weiler des Neolithikums verließen und in Städten zu leben begannen, brach die ursprüngliche menschliche Gemeinschaft auseinander, zerfiel in Klassen, Berufe und Gruppen: Ackerbauern, Handwerker, Soldaten, Priester, Edelleute, Monarchen. Auch die religiösen Überzeugungen differierten: Der Glaube des Töpfers war ein anderer als der des Theologen, der des Schriftkundigen ein anderer als der des Sklaven. Der Aufspaltung der Gesellschaft entspricht die Mannigfaltigkeit der Künste, der Wissenschaften und der Techniken. Am Anfang waren Dichtung und Religion, Wissenschaft und Magie, Gesang und Tanz eins; in dem Maße, wie jede Kunst autonom wurde und die Wissenschaft sich spezialisierte, zersplitterten auch die Gruppen, die Traditionen und die Auditorien. Die Vielzahl von Subkulturen innerhalb einer Kultur bedeutet die Koexistenz verschiedener Minderheiten: Liebhaber der Dichtung die einen, andere der Musik, wieder andere der Astronomie. Diese Minderheiten sind relativ und unterliegen Schwankungen, das heißt, manchmal verwandeln sie sich, wenn auch nur für kurze Zeit, in Mehrheiten. In diesem Fall, wie in vielen anderen, ist die Statistik trügerisch; viele und wenige, Mehrheiten und Minderheiten sind Begriffe, die sich in nichts auflösen.
Die Koexistenz verschiedener Minderheiten schließt die Kommunikation zwischen ihnen nicht aus, sondern schließt sie, im Gegenteil, mit ein. Dieses Netz von Beziehungen zwischen verschiedenen Gruppen

bildet ein immaterielles, aber reales Gewebe: die Kultur eines Volkes. Über jeder Subkultur – wie auch in ihr selbst – gibt es Ideen, Glaubensanschauungen und Bräuche, die allen Mitgliedern der Gesellschaft gemeinsam sind. Es ist der Fundus – der spirituelle, geistige und affektive – eines jeden Volkes; ebenso ist es die Grundlage der Künste, insbesondere der Dichtung. Eine unerschöpfliche Quelle. Die Menschen erkennen sich in den Kunstwerken, weil diese ihnen Bilder ihrer verborgenen Ganzheit bieten. Selbst wenn sie die Zersplitterung und die Atomisierung der Gesellschaften und Individuen ausdrücken, wie dies in der modernen Dichtung und im modernen Roman geschieht, sind sie Sinnbild der einstigen Gemeinschaft. Daher ist es nicht so wichtig, daß das Werk anfangs nur von einigen wenigen gelesen wird; die Bewahrung der Kollektiverinnerung durch eine Gruppe, sei diese noch so klein, ist eine wahre Rettungsplanke für die Gemeinschaft. Auf diesen Planken überqueren die Traditionen und die Kulturen die Meere der Zeit.

Abgesehen von diesen den Menschen gemeinsamen Glaubensanschauungen und Bildern – früher nannte man es »die Volksseele« –, gibt es Themen, Episoden und Personen, die auf einem niedrigeren Niveau die Massen bewegen und sich ihrer Kollektivimagination bemächtigen. Es sind die »öffentlichen Angelegenheiten«: religiöse und politische Ideen, Dispute über die Glaubensüberzeugungen und die Institutionen, Meinungstrends in diese oder jene Richtung. Öffentliche Angelegenheiten sind auch Ereignisse, Nachrichten und Namen: Krönungen, religiöse oder bürgerliche Feste, der Sturz von Dynastien, Revolten und Aufstände, Fürstenhochzeiten, Königsmorde,

der Tod von Caudillos und andere Ereignisse ähnlicher Art. Private Ereignisse können zu öffentlichen werden: die Affären einer Schauspielerin, der Selbstmord eines Bankiers, Raubüberfälle, Morde, unverhoffter Reichtum des einen oder plötzliches Elend des anderen, die großartigen Leistungen eines Champions und schließlich alle wunderbaren Drehungen des Glücksrads. Kein Schriftsteller, auch nicht ausgenommen die heutigen Bestsellerautoren, hat den Ruhm eines Attila oder eines Napoleon erlangt noch die Popularität eines Jack Dempsey oder einer Marilyn Monroe. Freilich gibt es Ausnahmen wie Lope de Vega im 17. Jahrhundert, Voltaire im 18., Victor Hugo im 19. Jahrhundert, Picasso in unserer Zeit und einige wenige mehr. Abgesehen davon, daß man diese Ausnahmen an den Fingern abzählen kann, widerlegen sie, wie alle, nicht die Regel, sondern bestätigen sie.
Die Vorrangstellung, welche führende Persönlichkeiten, Könige, Präsidenten, Film- und Fernsehstars sowie Größen des Sports in der Vorstellung eines Volkes haben, ist nur natürlich und kann nicht wundernehmen; wunderbar aber ist, daß die Menschen seit Anbeginn der Zeiten Gedichte verfassen, Skulpturen in Stein oder Bronze schaffen, Ton modellieren und Geschichten ersinnen. Nicht minder wunderbar ist, daß diese Werke fortdauern und von Generation zu Generation weitergegeben werden. Die Techniken ändern sich, die Druckschrift tritt an die Stelle der Handschrift, und das Fernsehen wird vielleicht (was ich allerdings sehr bezweifle) das Buch ersetzen, doch die Künste, gleich welcher Techniken man sich bedient und in welchem Zustand sich die Gesellschaft befindet, werden fortbestehen. Die öffentlichen Angelegenheiten und ihre Helden sind vergänglich; die

Gedichte, die Gemälde und die Sinfonien vergehen nicht. Die Fortdauer der Künste – gleiches gilt für die Wissenschaften und die Philosophie – verdankt sich immer einer Minderheit. Ich resümiere: Die Frage nach der Zahl – wie viele: viele oder wenige? – ist an sich bedeutungslos; damit sie Bedeutung erlangt, muß das *wie viele?* in eine Tradition eingefügt werden, die zwei Bereiche impliziert. Diese Bereiche sind einerseits die räumliche Trennung, das heißt die Pluralität von Publikum und Auditorium; andererseits die Kontinuität in der Zeit, das heißt die Aufeinanderfolge der Generationen von Lesern und Zuhörern. Weder die Diversität noch die Kontinuität sind rein numerische Begriffe.
Ich fürchte, meine Erklärungen werden viele nicht überzeugen. Der modernen Denkweise gilt keine Argumentation soviel wie ein Zahlenwert. Und die Soziologen, die Professoren, die Journalisten sowie all jene, die die Verlagsgeschäfte führen, erklären uns, daß sie sich auf unwiderlegliche Zahlen stützen. So versichern sie, daß die Dichtung dazu bestimmt sei, zu verschwinden oder eine Kuriosität mehr im Museum der alten Scharteken zu werden. Unbeirrbar haben sie eine Art Gesetz der progressiven Degradierung der Dichtung formuliert: Gedichte haben heutzutage weniger Leser als vor dreißig Jahren, vor dreißig Jahren hatten sie weniger Leser als vor sechzig, und so fort. An sich kommt diesen Meinungen, wie ich gezeigt zu haben glaube, keine Bedeutung zu; auf diesem Gebiet, wie auf fast allen, ist das rein quantitative Kriterium unzureichend. Aber stimmen sie überhaupt? Wir werden sehen. Vor ein paar Tagen habe ich in New York einen kleinen Band gekauft: *The Best American Poetry, 1989*. Es handelt sich um

eine Anthologie, die die besten im Jahre 1988 in den USA geschriebenen Gedichte versammeln will. Herausgeber dieser Anthologie ist der Dichter und Kritiker Donald Hall. In seinem Vorwort berührt er das hier angeschnittene Thema und führt Fakten und Zahlen an. Ich werde in der Folge einige dieser Daten wiedergeben. Obgleich sie für sich selbst sprechen, hielt ich es für angebracht, ein paar Kommentare anzufügen.

Zu Anfang weist Hall, als Zeichen für die Vitalität der Dichtung, auf das Wiederaufleben des Brauchs hin, Gedichte vorzulesen, und zwar lesen die Dichter selbst und vor zahlreichem Publikum. Der Brauch »kam auf gegen 1950, erfreute sich während der folgenden Jahrzehnte immer größerer Beliebtheit und hat sich seitdem weiter ausgebreitet«. Damit einem die Bedeutung dieser Tatsache klar wird, muß ich an etwas erinnern, das man, obgleich bekannt, fast immer vergißt: Zu Beginn unserer Zivilisation (ebenso im Orient) wurden die Gedichte rezitiert und gesungen. Der Sänger (*aoidós*) war der epische Dichter des alten Griechenland, das Wort kommt von *aoidiáo*: ich singe. Eine Rhapsodie war ein Gedicht oder das Fragment eines epischen Gedichts; Rhapsode war der fahrende Sänger, der epische Gesänge, insbesondere die Homers, vortrug. Auch die lyrische Dichtung wurde, begleitet von einem Musikinstrument, rezitiert, sowohl bei den Griechen als auch bei den Römern. Dies war ein allgemeiner Brauch, und er findet sich in allen Gesellschaften, im Orient ebenso wie im präkolumbischen Amerika. In Europa hat sich dieser Brauch über fünfzehnhundert Jahre bewahrt, ich erinnere nur an die Troubadoure, an die Spielleute und an die Madrigalisten, oder auch an das Vorlesen von

Gedichten in den Patrizierhäusern vor einem ausgewählten Kreis von Vertrauten und Höflingen. Im 19. Jahrhundert wurde das Vorlesen durch die individuelle Lektüre in der Stille verdrängt. Triumph des Buches und des geschriebenen Worts. Im ersten Drittel des 20. Jahrhunderts verschwand der Brauch fast völlig.

Hall merkt an, daß es zwischen 1920 und 1950 – eine der großen Perioden der modernen nordamerikanischen Dichtung – nur wenige öffentliche Lesungen gab und daß berühmte Dichter – Frost, Eliot, Pound – sich höchst selten an diesen Veranstaltungen beteiligten. Gegen Ende der fünfziger Jahre, das heißt in den Jahren, als die *Beat generation* sich durchsetzte, begannen die Lesungen populär zu werden. Dieser Brauch wurde zu einem der charakteristischen Merkmale des literarischen Lebens in den USA. Öffentliche Lesungen sind heute neben Ausstellungen, Konzerten und Tanzvorstellungen Teil des kulturellen Veranstaltungskalenders. Erstaunlich ist die Häufigkeit dieser Lesungen, sie finden fast jede Woche statt, in den Großstädten ebenso wie an den meisten Universitäten. Das Publikum besteht im allgemeinen aus Jugendlichen, was bedeutet, daß es sich um keinen aussterbenden Brauch handelt – wie die Propheten des Endes der Dichtung vorgeben –, sondern um eine lebendige und sich erneuernde Tradition. Man wird einwenden, daß weder in Lateinamerika noch in Europa, ausgenommen in England, öffentliche Lesungen so häufig stattfinden und so beliebt sind wie in den USA. Das stimmt. Aber es stimmt auch, daß in Rußland diese Lesungen noch viel populärer sind als in den USA. Das gleicht sich aus. Fahren wir fort.

Im Jahre 1950, sagt Hall, betrug die Auflage des Buches

eines schon bekannten Dichters, das heißt seines zweiten oder dritten Buches, etwa tausend Exemplare; heute beträgt sie vier- oder fünftausend. Die Bücher älterer oder angesehener Dichter erreichen leicht zehntausend Exemplare, und manches hat es auf fünfzigtausend gebracht. *Publishers Weekly* veröffentlichte vor einigen Jahren eine Bestsellerliste, die Biographien, Reportagen, Romane, Reise- und Kochbücher, Sexualwissenschaft und viele andere Gattungen aufführte, Gedichtbände jedoch nicht berücksichtigte. Auf Platz eins der Liste stand *The Joy of Sex*, das sich zu Millionen verkaufte, weiter unten auf der Skala figurierten Titel, die es auf zweihundertfünfzigtausend Exemplare gebracht hatten. Dagegen verkaufte der Dichter Ferlinghetti im gleichen Jahr eine Million Exemplare von *A Coney Island of the Mind*, und schon zu der Zeit hatte *Howl* von Allen Ginsberg die Million weit überschritten. Trotzdem nahm *Publishers Weekly* diese Bücher nicht in seine Liste auf. Weil es Gedichtbände waren? Diese beiden Fälle sind in der Tat außergewöhnlich, doch viele zeitgenössische Dichter, auch wenn sie nicht die Million erreichen, werden von dreißigtausend oder mehr Lesern gelesen. Unter ihnen einige Dichter anderer Sprachen wie García Lorca, Rilke oder Neruda. Ich will dem Leser weitere Zahlen von Hall ersparen und erwähne hier nur das Resultat seiner Untersuchung: Die Zahl der Leser von Gedichten ist in den letzten dreißig Jahren um das zehnfache gestiegen. Dies besagt, daß man heute zehnmal mehr liest als während der Periode der Vorherrschaft großer Dichter wie Eliot, Pound, Williams und Stevens, die eine Glanzzeit in der Geschichte der Dichtung des 20. Jahrhunderts war. Und das ist beeindruckend.

Halls Zahlen beziehen sich einzig und allein auf

lebende Dichter der USA. Gibt es vergleichbare Zahlen in anderen Ländern? Ich weiß es nicht. Aber ich gehe wohl nicht fehl in der Annahme, daß die Zahl der Leser von Gedichten in der Sowjetunion noch mehr gestiegen ist als in den USA. Gleiches mag für Japan gelten, eine Nation, die sich durch ihre bewundernswerte dichterische Tradition ausgezeichnet hat. Ebenso ist sicher, daß auch die Leserzahl in Europa gestiegen ist, zumindest in England, in den skandinavischen Ländern, in Polen und in Ungarn. Auch in Mexiko, obgleich es ein Land mit einer nur kleinen Leserschaft ist: Vor fünfzig Jahren beliefen sich die Auflagen der Bücher unserer Dichter – Pellicer, Gorostiza, Villaurrutia – auf fünfhundert Exemplare. Und die Qualität? In allen Sprachen und in allen Epochen gibt es sehr wenige Gedichtbücher, die wirklich zählen. Aber trifft das nicht auch auf die anderen Gattungen zu, insbesondere auf den Roman? Jedes Jahr stoßen die Verlage Abertausende von Romanen aus, die mit ihren grellbunten Einbänden die Auslagen der Buchhandlungen füllen. In wenigen Wochen verschwinden sie, ohne Spuren zu hinterlassen. Schnee von gestern. Abgesehen von den kommerziellen Verlagen tragen auch die Professoren und die Druckpressen der Universitäten zu dem bei, was man nur literarischen Verkehrsstau nennen kann. Die steigende Konjunktur der universitären Kritikindustrie hat die bescheidenen Abfallhaufen, welche die Literatur hinterließ, in wahre Himalayas aus Müll verwandelt.
Halls Zahlen sind tröstlich, doch sind sie relativ, wenn man in Betracht zieht, daß die Zunahme des Leseinteresses eine allgemeine Erscheinung ist, die sämtliche Gattungen umfaßt. Es besteht kein Zweifel, daß heute mehr gelesen wird als früher. Aber liest man besser?

Das bezweifle ich. Distraktion ist unser Normalzustand. Nicht die Distraktion desjenigen, der sich von der Welt abkehrt, um in das geheime und unsichere Land seiner Phantasie einzudringen, sondern die Verzettelung desjenigen, der seiner selbst immer mehr entfremdet ist, der in mediokrer und unsinniger Betriebsamkeit aufgeht. Tausend Dinge zugleich beanspruchen unsere Aufmerksamkeit, und keinem von ihnen gelingt es, daß wir uns ihm voll widmen; so verrinnt uns das Leben wie Sand zwischen den Fingern. Hätten wir den Mut, unser Handeln und Denken einer täglichen Prüfung zu unterziehen, müßten wir zugeben, daß wir uns zwar keiner unsühnbaren Vergehen schuldig gemacht haben, aber doch unzähliger momentaner Begierden und Gelüste, gefolgt von schäbigen Verleugnungen und Treulosigkeiten uns selbst und anderen gegenüber. Aber sind wir überhaupt fähig, uns zu erinnern, was wir gestern gemacht haben? Wenn unsere Sünde Verzettelung heißt, so heißt unsere Strafe Vergessen. Lesen ist das Gegenteil dieser Verzettelung; Lesen ist ein geistiges und moralisches Exerzitium, das es uns ermöglicht, in unbekannte Welten einzudringen, die sich mehr und mehr als unsere älteste und wahre Heimat erweisen: von dorther kamen wir. Lesen heißt, ungeahnte Wege zu uns selbst entdecken. Es ist ein Wiedererkennen. Wie viele können in der Ära der Werbung und der Sofortkommunikation so lesen? Sehr wenige. Doch diese wenigen, und nicht die Zahlen der Statistiken, gewährleisten die Kontinuität unserer Zivilisation.

Daten und Zahlen allein sind noch keine Antwort auf unsere Frage; sie helfen jedoch, diese Frage einzugrenzen und zu präzisieren. Es ist hilfreich, Halls Zahlen, die sich auf sein Land und die heutige Zeit

beschränken, mit denen aus verschiedenen anderen Ländern und Perioden zu vergleichen. Der Dichter und Kritiker Pere Gimferrer hat sich in einem intelligenten und sehr informativen Essay, *La poesía y el libro**, mit diesem Thema befaßt. Eines der charakteristischen Merkmale der modernen Dichtung ist für Gimferrer ihre entschieden minoritäre Ausrichtung. In der ersten Hälfte des vergangenen Jahrhunderts trachteten alle großen europäischen Schriftsteller nach einer zahlreichen Leserschaft; einige, wie Byron, Victor Hugo und Lamartine, gewannen sie. Später, in dem Maße, wie das Flackerfeuer der Romantik erlosch, zogen sich die Dichter vom öffentlichen Schauplatz zurück. Seit den großen Symbolisten war die Dichtung einsame Rebellion, Subversion im Untergrund der Sprache oder der Geschichte. Keiner der Dichter, welche die Moderne einleiteten, hat die Anerkennung der Mehrheit gesucht; im Gegenteil, alle zogen es vor, »mit Vorbedacht wider den Geschmack des Publikums zu schreiben«. Rimbaud und seine Erben in der ersten Hälfte des 20. Jahrhunderts sind ein Aspekt dieser Tendenz; der andere, mehr rein ästhetische, ist Mallarmé und seine Nachfolger.
Es fällt schwer, mit Gimferrer nicht übereinzustimmen. Gleichwohl habe ich einen Vorbehalt: Seine Argumentation stützt sich vornehmlich auf die Geschichte der modernen französischen Dichtung; in anderen Sprachen zeigt sich nicht immer diese Entschlossenheit, mit dem Publikumsgeschmack zu brechen. Weder Tennyson noch Browning im viktorianischen England folgten den Franzosen in ihrer subversiven Rigorosität und ästhetischen Askese.

* Wiederaufgenommen in den Sammelband *La cultura del libro*, Madrid 1988.

Auch wurden sie bei weitem mehr gelesen als die französischen Symbolisten. Gleiches gilt für die deutschsprachigen Länder sowie für Rußland, Polen und die anderen slawischen Völker. In den Ländern spanischer Sprache wurde wenig gelesen, doch nicht etwa, weil die Dichter sich über den Geschmack des Bürgertums hinwegsetzten, sondern wegen der großen intellektuellen Schläfrigkeit, die gegen Ende des vergangenen Jahrhunderts Spanien und seine ehemaligen Kolonien überkam. Gewiß, es ist verfehlt, die französische Dichtung des letzten Drittels des 19. Jahrhunderts mit den Dichtungen anderer Sprachen derselben Epoche zu vergleichen; die französische Dichtung lebte, als künstlerische Gattung, in einer anderen Zeit: mit ihr beginnt unsere Dichtung. Mallarmé und Tennyson waren zwar Zeitgenossen, doch Tennyson gehört dem vergangenen Jahrhundert an, Mallarmé dem 20. Jahrhundert. Ebenso gewiß ist, daß die Dichtung, die der Ursprung der unseren ist, sich oft in anderer Weise und sogar konträr zu der eines Rimbaud oder Mallarmé manifestierte, zwar ohne verbalen Bruch noch Abspaltung, doch als Wille, sich mit dem Menschen auf der Straße zu verbünden. Ich denke vor allem an Walt Whitman.
Die Zahlen Gimferrers sind nicht weniger überraschend als die von Hall, wenn auch in ganz anderer Hinsicht. 1886 veröffentlichte Verlaine die zweite Ausgabe eines seiner berühmtesten Bücher: *Fêtes galantes*. Die Auflage betrug sechshundert Exemplare, von denen hundert für den Autor und die Presse bestimmt waren. Der Fall ist insofern bezeichnend, als Verlaine 1886 bereits ein berühmter Dichter war, und nicht nur in Frankreich: er wurde mit Hingabe gelesen von Minoritäten in ganz Europa, und man verehrte ihn

in Buenos Aires wie in Mexiko.* 1876 veröffentlichte Mallarmé in einer Luxusausgabe *L'après-midi d'un faune*: hundertfünfundneunzig Exemplare. Elf Jahre später, 1887, erscheint *Poésies*, eine von ihm selbst zusammengestellte Anthologie seiner Gedichte: die Auflage betrug vierzig Exemplare. Und was Rimbaud angeht: 1873 bezahlte er selbst die erste Ausgabe von *Une saison en enfer*, ein Text, der den bekannten Einfluß auf die moderne Dichtung des 20. Jahrhunderts gehabt hat. Die Auflage beschränkte sich auf fünfhundert Exemplare; Rimbaud holte sich sechs ab; der große Rest wäre im Keller der Druckerei vergessen worden, hätte ein Bibliophile ihn 1901 nicht geborgen, obgleich er seinen Fund bis 1914 verschwieg. Das Schicksal des anderen großen Textes von Rimbaud, *Illuminations*, ist nicht minder seltsam: Verlaine veröffentlichte ihn mit einer kurzen Vorbemerkung 1886 in der Zeitschrift *La Vogue* und danach, noch im gleichen Jahr, als Separatdruck, ohne daß Rimbaud, damals in Abessinien, etwas davon erfuhr. Auch Lautréamont bezahlte den Druck seines Buches, *Les chants de Maldoror*; die Auflage wurde nicht ausgeliefert und blieb im Souterrain des Verlegers liegen, bis Léon Bloy und Rémy de Gourmont, Jahre nach dem Tod des Autors, sich mit Begeisterung dieses prächtigen und finsteren Werks annahmen.**

* Über den Fall Verlaine habe ich auf eigene Faust eine kleine Untersuchung angestellt. So habe ich herausgefunden, daß bis zu seinem Tod die Erstausgaben seiner Bücher im allgemeinen sechshundert Exemplare nicht überschritten und die zweite Auflage nicht elfhundert.

** Unter den Ausnahmen, die Gimferrer anführt, ist am bemerkenswertesten *The corsair* von Byron: zehntausend verkaufte Exemplare am ersten Tag! Für jene Zeit ein Erfolg, der, wie Gimferrer bemerkt, nur mit dem der Beatles vergleichbar ist.

Gimferrer führt als Beispiel einige Werke in spanischer Sprache an. Das bemerkenswerteste ist *Veinte poemas de amor y una canción desesperada*. Dieser kleine Band war 1924 in Santiago de Chile erschienen, in Spanien aber blieb er unbekannt, obgleich Neruda 1936 im ganzen spanischen Sprachraum bereits ein anerkannter Dichter war. Altolaguirre beschloß, das Buch unter einem anderen Titel, *Primeros poemas de amor*, neu herauszugeben. Die Auflage betrug fünfhundert Exemplare. Meinerseits möchte ich zwei Beispiele anführen, die nicht minder traurig sind als die von Rimbaud und Lautréamont: Gutiérrez Nájera und José Asunción Silva starben, ohne ihre Gedichte in einem Buch versammelt zu sehen. Und wie hoch war die Auflage der ersten zwei Ausgaben von *Azul* ... oder der Ausgabe von *Prosas profanas* von Rubén Darío? wie hoch die von *Lascas* von Día Mirón, herausgegeben in Jalapa von der Staatsdruckerei von Veracruz? und die von *Los Heraldos Negros* und *Trilce* von César Vallejo? Ein weiteres Beispiel, jetzt der italienischen Sprache: Die erste Auflage eines der prägnantesten Bücher der italienischen Dichtung dieses Jahrhunderts, *L'Allegria* (1915) von Ungaretti, betrug achtzig Exemplare. Man könnte die Liste ad libitum verlängern, sie würde unsere bekanntesten und meistgelesenen Dichter enthalten.

Angesichts dieser Tatsache erhebt sich eine Frage: Ist die geringe Anzahl von Exemplaren wirklich einer Entscheidung der Dichter zuzuschreiben, oder ist sie die Folge der Gleichgültigkeit des Publikums? Beides. Von Anfang an hat die Dichtung ein ambivalentes Verhältnis zur Moderne gehabt, wie ich in anderen Schriften zu zeigen versucht habe.* Der Konflikt verschärfte sich Ende des vergangenen Jahrhunderts und führte während der Periode der Avantgarden, im ersten Drittel unseres Jahrhunderts, zur Zwietracht. Die Dichtung verachtete und verhöhnte oft auch die traditionellen Werte, die moralischen ebenso wie die ästhetischen; sie untergrub die Sprache; sie verdrehte die Zeichen und ihre Bedeutungen; sie erfand Welten voller faszinierender verbaler Ungeheuer und Teiche von trügerischer Transparenz, in denen das Bewußtsein versinkt. Die Gleichgültigkeit des Publikums war die Reaktion einer Gesellschaftsschicht, des Bürgertums, die diese von den Dichtern zugleich erwünschte und verabscheute Moderne verkörperte. Diese Schicht sah sich herausgefordert und verunglimpft, erst durch die Romantiker, dann durch die Symbolisten und schließlich durch die verschiedenen Avantgarden. Die Antipathie gegenüber der modernen Kunst wurde gerechtfertigt und gefördert durch eine feindselige akademische Kritik und die Böswilligkeit ignoranter Journalisten. Jedoch war die Zwietracht, wie man sehen wird, nie total, und sie war und ist notwendig.

Die erste Auflage von *Les fleurs du mal* im Jahre 1857 betrug elfhundert Exemplare und wurde lange nicht verkauft. Die zweite, vier Jahre später, fand größere Resonanz, ohne Zweifel wegen des Gerichtsurteils, das den Verleger zur Ausmerzung mehrerer als unmoralisch erachteter Gedichte nötigte. Es fehlte Baudelaire nicht an Verteidigern, unter ihnen Victor Hugo und Théophile Gautier; zwei junge Dichter, Mallarmé und Verlaine, begrüßten ihn in zwei Zeit-

* *Der Bogen und die Leier* und vor allem *Die andere Zeit der Dichtung.*

schriften der literarischen Jugend und erklärten ihn zu ihrem Meister. Doch diese Zeichen der Anerkennung kamen spät: Baudelaire hatte 1865 schon den ersten Anfall von Hemiplegie erlitten und sollte zwei Jahre später sterben. Seit seinem Tode erschienen fortgesetzt neue Ausgaben; ebenso Übersetzungen in fast alle Sprachen. Obgleich Baudelaire schon vor über einem Jahrhundert starb, ist er unser Zeitgenosse. Sein Schicksal war auch das von Verlaine, Rimbaud und Mallarmé: die Bücher dieser Dichter finden sich in allen Bibliotheken und werden von Abertausenden gebildeter Menschen gelesen. Im Jahre 1855 erschien die erste Ausgabe von *Leaves of Grass*, ohne Name des Verfassers, doch mit einem Frontispiz-Porträt von Whitman. Ein Jahr später erschien die zweite Auflage, auf die weitere folgten, bis zu seinem Tode insgesamt neun, und jede mit mehr Gedichten. Die Erstausgabe betrug siebenhundertfünfundneunzig Exemplare; Whitman bezahlte die Ausgabe nicht nur selbst, er druckte sie auch selbst. Bis zur fünften Auflage verdiente er daran nicht einen Cent, und dann fünfundzwanzig Dollar! Aber Whitman durfte im Laufe eines knappen halben Jahrhunderts immerhin erleben, wie die aufeinanderfolgenden Auflagen seines Buches eifrige Leser fanden, unter ihnen einige seiner berühmtesten Landsleute: Emerson und Thoreau, später die Engländer Swinburne und Tennyson. 1882 besuchte Wilde Whitman, und 1886 malte Eakins sein Porträt.

Die Editionsgeschichte der Bücher von Baudelaire und Whitman war die aller modernen Dichter in allen Sprachen. Die ersten Ausgaben haben fast immer etwas von einem Privatdruck, doch langsam, aber unaufhaltsam erreichen ihre Bücher im Laufe der Jahre große Auflagen und eine breite Leserschaft. Die Neuauflagen von Darío, Machado, García Lorca und anderen Dichtern unserer Sprache betragen heute nicht nur viele Tausende von Exemplaren, sie erscheinen auch kontinuierlich. In den anderen Sprachen gibt es das gleiche Phänomen, handle es sich um Apollinaire oder Rilke, um Montale oder Mandelstam. Die Neuauflagen von Yeats und von Eliot erfolgen in kurzen Abständen und erreichen bereits hunderttausend Exemplare. Der junge Literaturkritiker Edward Mendelson, dem wir die hervorragende Ausgabe von Audens sämtlichen Gedichten verdanken, sagte mir vor kurzem, daß die Volksausgaben dieses Dichters sich auf vierzig- bis fünfzigtausend Exemplare belaufen. Bezeichnend erscheint mir bei allen diesen Beispielen weniger die Auflagenhöhe als die Kontinuität. Der Bestseller, sei es ein Roman oder ein Buch mit aktuellem Thema, taucht gleich einem Meteor auf; alle beeilen sich, das Buch zu kaufen, doch nach kurzer Zeit verschwindet es für immer. Sehr wenigen Bestsellern gelingt es, ihren ersten Erfolg zu überleben. Sie sind keine Werke, sondern Waren. Die wirklich literarischen Werke unterscheiden sich von den Büchern bloßer Unterhaltung oder Information dadurch, daß letztere dazu bestimmt sind, von ihren Lesern buchstäblich konsumiert zu werden, während erstere die Eigenschaft haben, zu neuem Leben zu erwachen dank ihrer Leser. Die Dichtung trachtet nicht nach Unsterblichkeit, sondern nach Auferstehung.

In anderen Fällen verurteilte der geschichtliche Wandel – sei es der des Geschmacks, der Ideen oder gesellschaftlichen Überzeugungen – Dichter, die zu ihren Lebzeiten berühmt waren, zum Purgatorium.

Neruda, Aragon und Eluard zum Beispiel zahlen heute für ihre politischen Sünden. Ich sage *Sünden*, weil der Stalinismus weniger ein Irrtum als ein Fehler war. Doch wie Auden über Yeats sagte, ich weiß nicht ob aus Resignation oder mit Zynismus, werden diese Dichter ihrer Meisterschaft wegen wiedergelesen werden:

> Time that with this strange excuse
> Pardoned Kipling and his views,
> And will pardon Paul Claudel,
> Pardons him for writing well.

Die Disparität zwischen der Rezeption von Gedichtbüchern und deren späterem Schicksal verlangt einen Kommentar. Nie erfolgte der Übergang von der Feindseligkeit oder Gleichgültigkeit zum Verständnis augenblicklich, er erforderte Zeit. Zeit meint in diesem Fall Kultur, in der ursprünglichen Bedeutung des Wortes: Der Leser muß sich kultivieren. Diese Kultivierung ist, wie jede, produktiv: sie impliziert Veränderungen und Wandlungen. Jedes neue dichterische Werk bietet dem Verständnis und dem Geschmack der Allgemeinheit Widerstand; um es genießen zu können, muß der Leser dessen Vokabular lernen und sich dessen Syntax zu eigen machen. Der Vorgang besteht im Verlernen des Bekannten und im Erlernen des Neuen; das Verlernen-Erlernen impliziert eine innere Erneuerung, eine Veränderung der Sensibilität und der Wahrnehmung. Diese Erfahrung ist nicht der Moderne vorbehalten; die Höflinge und Geistlichen des 16. Jahrhunderts in England mußten die Sprache der »metaphysischen Dichter« lernen, und die Spanier im 17. Jahrhundert die Sprache Góngoras und seiner Nachfolger. Das Phänomen kehrt in jeder Epoche und in allen Gesellschaften wieder. Der Streit um die Formen und um den künstlerischen Ausdruck ist fast immer verbunden mit dem Widerstreit zwischen den Generationen: das Alte und das Neue, die Alten und die Jungen.

Die gegenwärtige Situation ist noch komplexer. Außer dem üblichen Disput zwischen dem Neuen und dem Alten gibt es einen tieferen Gegensatz, und der ist historischer und geistiger Art. Wie ich weiter oben angedeutet habe, handelt es sich um die Zwietracht zwischen einer Dichtung, die sich gegen die Moderne auflehnt, und einer Gesellschaftsschicht, dem Bürgertum, das die Gründerin dieser Moderne und zugleich deren vollkommenstes und dynamischstes Produkt gewesen ist. Wie hat sich dieser Widerspruch, seit der Romantik bis in unsere Zeit, in Augenblicke der Harmonie auflösen können – gefolgt von neuen Brüchen? Obgleich jede Periode anders ist und auch die Beziehung zwischen jedem Leser und jedem Gedicht eine andere ist, scheint es mir nicht verwegen, eine allgemeine Erklärung zu bieten. Ganz kurz: Seit der Romantik sind die Dichter rebellische Kinder der Moderne; indem sie gegen sie verstoßen, verherrlichen sie sie; die Leser vollziehen diese Ambivalenz nach und erkennen sich in diesem Verstoß und in dieser Verherrlichung wieder, denn auch sie sind Kinder der Moderne und sind ihr durch dieselben Kindesbande, die sie verabscheuen, verbunden. Die moderne Dichtung hat die Moderne der Kritik unterzogen und tut dies auch heute noch, eben weil sie modern ist; ihre Leser erkennen sich aus dem gleichen Grund in ihr wieder. Die Moderne befindet sich von Anbeginn an im Kampf mit sich selbst; darin besteht ihre Ambiguität und das Geheimnis ihrer ständigen Veränderung, ihrer Wandlung. Die Moderne produziert kritische Haltungen und Gedanken wie der Tintenfisch Tinte. Diese Kritik wendet sich unaufhörlich gegen sich selbst.

2.
Menge und Wert

Diese Betrachtung begann mit einer doppelten Frage. Die erste betrifft die Quantität: Wie viele Leser von Gedichten gibt es? Wie wir gesehen haben, entbehrt die numerische Frage, für sich allein genommen, des Sinns. Die Anzahl der Leser variiert je nach Gesellschaft und Epoche; sie variiert auch innerhalb einer jeden Epoche und sogar bezüglich ein und desselben Autors: Der esoterische und unlesbare Eliot, der 1920 nur eine kleine Lesergemeinde von Exzentrikern hatte, wandelte sich zu dem Bischof Eliot, dem 1940 ehrfurchtsvoll eine große Menge lauschte. Damit die erste Frage, *wie viele?*, einen Sinn bekommt, muß sie mit der zweiten Frage: wer, welche Menschen lesen Gedichte? verbunden werden. Die Frage: *wer?* schließt die Frage: *wie viele?* mit ein; besser gesagt, sie hebt sie auf. Die Frage nach dem *wer* impliziert in erster Linie eine Vielzahl von Räumen: wo, in welchem Land oder in welcher Stadt? Sodann führt sie eine zeitliche Dimension ein: wann, in welchem Jahrhundert, welcher Epoche, welchem Jahr? Schließlich sind das Wann und das Wo mit Gesellschaftsschichten, politischen und religiösen Institutionen und einer Ökonomie verbunden: mit einer Kultur. Das Wann und das Wo lösen sich in Geschichte auf. Die Frage nach dem Publikum, das Gedichte liest oder sich anhört, ist eine historische. Das Thema ist zu vielschichtig, um es in einem kurzen Essay zu untersuchen. Immerhin ist es möglich, einige Gedanken zu skizzieren und eine Hypothese zu entwerfen. Letztlich aber ist mein Vorhaben bescheidener: Ich möchte einige wenige Anregungen geben und Indizien liefern, Anreize bieten, damit jemand eines nicht zu fernen Tages eine Studie über die Situation der Dichtung am Ausgang des 20. Jahrhunderts schreibt.

Ich beginne mit dem Anfang: Homer ist der Ursprung Griechenlands und mithin unserer Dichtung. Seine großen Gedichte, seine Helden und ihr Ethos waren die ästhetischen und ethischen Archetypen der Griechen und Römer. Die *Ilias* und die *Odyssee* waren gewissermaßen die *Bibel* und die *Veden* der Hellenen. Zur gleichen Zeit, da die Knaben und Jünglinge zu rechnen lernten oder im Gymnasium ihre Übungen machten, rezitierten sie die alten Hexameter. Bei dem grandiosen Versuch der Hellenisierung Roms durfte eine dichterische Gründungsschrift als das Äquivalent der homerischen Gedichte nicht fehlen. Die *Äneis* aber wurde erst auf dem Höhepunkt der Geschichte Roms geschrieben: sie war weniger eine Schöpfung als eine Nachschöpfung, kein originales Werk, sondern eine Konsekration. Vergils Dichtung hatte im Mittelalter und in der Renaissance eine Bildungsfunktion ähnlich jener der homerischen Epen im Altertum. In China hatte den gleichen zivilisatorischen Einfluß *Shih-ching* (»Das Buch der Lieder«), die von Konfuzius zusammengestellte Anthologie alter Gedichte. In Japan erfüllten diesen Auftrag das *Manyoshu* (»Sammlung von 10 000 Blättern«) und die großen Anthologien, die diesem Buch folgten. Die Dichtung als Gründungsschrift eines Volkes ist ein Merkmal, das sich in allen Zivilisationen findet, vom Gilgamesch-Epos, der vermutlichen Quelle unserer epischen Tradition, bis zum Cid. In anderen Kulturen war die Dichtung nicht nur eng verbunden mit der Religion und der

Mythologie, sondern auch mit den anderen Künsten. Wir wissen zum Beispiel, daß die Azteken ihre Gedichte rezitierten, sangen und, was bemerkenswert ist, auch tanzten. Ein anderes Merkmal sind die Zünfte, Bruderschaften und Ordensgemeinschaften von Dichtern. Oft übten diese Gruppen religiöse und liturgische Funktionen aus. In vielen Völkern wurden die Dichter als Seher und Wahrsager betrachtet. Es war dies ein allgemein verbreiteter Glaube, der höchstwahrscheinlich damit zu erklären ist, daß der Dichter die Zukunft kannte, weil er die Vergangenheit kannte. Sein Wissen war ein Wissen von den Ursprüngen. In all jenen Gesellschaften waren die Gegenwart und die Zukunft *Funktionen*, in der mathematischen Bedeutung des Wortes, der Vergangenheit.

Die Sammlungen dichterischer Texte, wahrer Gründungsschriften, stellten dar, was unsere säkulare Gesellschaft heute einen *klassischen Kanon* nennt. Ohne diese Dichtungen ist es unmöglich, jene Gesellschaften kennenzulernen und zu verstehen; ihr ästhetischer, ethischer und philosophischer Einfluß war immens. In Griechenland nährte sich die Tragödie von der Epik, von ihren Konflikten ebenso wie von ihren Helden; zugleich begann die Philosophie als eine Kritik Homers, seiner Theologie und seiner Ethik. Vermittelt wurde der klassische Kanon durch die Erziehung der Jugendlichen; die Dichtung war ein Hauptfach im Lehrplan für die Jugend. So war die Dichtung, neben der staatsbürgerlichen und religiösen Erziehung und der Ausbildung in der Kriegskunst, eine Initiation ins Erwachsenenleben mit seinen beiden großen Aspekten: Tätigkeit und Kontemplation. Bürger, Patrizier, Ritter, Mandarin, Tecutli und andere Bezeichnungen für Gruppen und

Schichten, die, im Frieden wie im Krieg, die öffentlichen Angelegenheiten der frühen Gesellschaften leiteten: sie alle waren in einer dichterischen Tradition erzogen und durch sie geformt. Diese inspirierte sowohl ihre Reden als auch ihre Taten.

Der Einfluß der Dichtung war nicht minder groß auf anderen Gebieten, vor allem im ganz persönlichen Lebensbereich: Erotik, Freundschaft, Vergnügen, Ehrfurcht vor den Göttern oder Mitleid mit dem unglücklichen Nächsten (Achilles mit Priamos), Einsamkeit, die bitteren Wonnen der Melancholie, die Reiche der fragilen Erinnerung. Die Dichter halfen uns, die Leidenschaften kennenzulernen, und damit auch uns selbst: den Neid, die Sinnlichkeit, die Grausamkeit, die Heuchelei, kurz, die ganze Komplexität der menschlichen Seele. Das erste große Liebesgedicht des Abendlandes stammt aus dem 3. Jahrhundert v. Chr.: *Die Zauberin* von Theokrit, die prickelnde Schilderung der sinnlichen und naiven, rasenden und sublimen Liebe eines unglücklichen Mädchens: Simaitha. Später, in Rom, leuchteten Catull und Properz die dunklen Winkel der Liebe aus und entdeckten die heimtückische Macht einer unheilvollen Leidenschaft: die Eifersucht. Ohne sie hätte Shakespeare wahrscheinlich nicht die Gestalt des Othello schaffen noch Proust die verzehrenden Wünsche Swanns beschreiben können. Von der Feudalzeit bis zu der des Bürgertums inspirierte die Dichtung Krieger und Verliebte: Parzival und Roland, die höfische Liebe und den Petrarkismus, die Libertins und die Romantiker. Eine der Wurzeln des heutigen Feminismus sind die »Liebeshöfe« des 12. Jahrhunderts. Die Dichtung nährte auch, wie in der Antike und im Orient, die Philosophien: fast keiner unserer großen Denker, der nicht auch Gedichte geschrieben hat oder dessen Schriften nicht geschmückt sind mit Versen und Maximen der Dichter, vom heiligen Thomas von Aquin bis Machiavelli, von Bacon bis Schopenhauer, von Montaigne bis Karl Marx. Aus dieser Perspektive betrachtet, wird die Frage nach der Zahl hinfällig. Wir wissen nicht, wie viele Römer Ovid lasen, wie viele Italiener Petrarca, wie viele Franzosen Ronsard; dagegen wissen wir, *wer* sie las. Ob wenige oder viele, die Leser waren Kopf und Herz der Gesellschaft, ihr denkender und handelnder Kern. Obgleich sie den führenden Schichten angehörten, waren viele von ihnen Rebellen und Kritiker der bestehenden Ordnung. Andere waren Einzelgänger, intellektuelle Eremiten.

Der Wandel beginnt Ende des 19. Jahrhunderts. Nach den großen Feldschlachten der Romantik zog sich die Dichtung zurück: Krieg im Untergrund, Verschwörung in den Katakomben. Gleichwohl war dieser Rückzug, wie wir gesehen haben, ein Sieg: Die verfluchten Dichter von gestern werden unweigerlich zu Schutzheiligen von heute. Gravierender war die Verdrängung der humanistischen Bildung, die aufgehört hat, das Zentrum unseres Erziehungssystems zu sein. Ein Signum der Zeiten: Baudelaire schreibt ein Gedicht in Latein, Rimbaud gewinnt auf dem Gymnasium den ersten Preis im lateinischen Aufsatz, Lautréamont studiert literarische Grundregeln anhand einer Abhandlung von José Gómez Hermosilla, dem strengen Klassizisten und hervorragenden Übersetzer der *Ilias* – dagegen ist Whitman der erste große moderne Dichter, der weder eine Universität besucht noch klassische Literatur studiert hat. Ein Verlust oder ein Gewinn? Ich würde sagen, daß der Gewinn den Verlust aufwiegt. Whitman setzt eine andere Tradition fort, die nicht minder ehrwürdig ist als die griechisch-lateinische: die biblische und deren Verzweigungen.

An die Stelle des Latein und des Griechischen sind heute die Wissenschaften getreten. Es war ein natürlicher und gerechtfertigter Wandel. Weniger natürlich und völlig ungerechtfertigt hingegen war die Dominanz des *Szientismus*, eines modernen Aberglaubens. Jede Wissenschaft hat die Kompetenz, von ihrem eigenen Gebiet zu sprechen: es gibt nicht die Wissenschaft, sondern Wissenschaften. Der Szientismus aber überträgt die Methode der exakten Wissenschaften wie der Physik, der Chemie oder der Biologie auf Gebiete, die nicht die der Naturwissenschaften sind: die Geschichte und die menschliche Gesellschaft, das Individuum und seine Leidenschaften. Andererseits: Ist die Tätigkeit der Wissenschaften überhaupt möglich ohne dieses ererbte Wissensgut, das die Humaniora sind? Vielleicht, doch zu einem hohen Preis. Weder Freud noch Einstein haben die antiken Schriftsteller je vergessen.

Gefährlicher noch als der szientistische Aberglaube ist die Überhandnahme der Sozialwissenschaften. Ich beziehe mich nicht auf ihren realen Wert, der beachtlich ist trotz der Fragwürdigkeit ihrer Methoden und der Unsicherheit ihrer Schlußfolgerungen, sondern auf den Mißbrauch, den als Professoren und Wissenschaftler maskierte Ideologen mit ihnen getrieben haben. Der Schaden war ein doppelter: politisch und ästhetisch. Unsere Klassiker waren nicht nur Beispiele formaler Vollkommenheit und geistiger Ergötzung, sie waren auch zwei Jahrtausende hindurch Meister politischer Weisheit gewesen. Heute übernehmen diese Funktion die Professoren der Soziologie und Politologie. Die meisten ignorieren das klassische Erbe oder schätzen es gering. Ihren Dogmen verhaftet, werfen sie bei ihren Vorlesungen mit Formeln um sich, die alle gesellschaftlichen Phänomene erklären, ausgenommen das ihrer eigenen sonderbaren Stellung in der modernen Welt. Im Namen der Moderne sind sie die Sprecher – manchmal die Mittelsmänner – eines neuen intellektuellen und politischen Obskurantismus. Intolerant und rechthaberisch, sind sie unwürdige Erben der Aufklärung. In letzter Zeit waren wir Zeugen eines ungeheuren Wandels in den europäischen Ländern, die unter dem Regime des »bürgerlichen Sozialismus« lebten; es wäre müßig, in den Schriften dieser Professoren nach dem kleinsten Anzeichen für diesen Wandel zu suchen, oder heute nach einer Erklärung für die Ursachen dieses erstaunlichen geschichtlichen Umschwungs. Um Kritiker zu finden, die in großen Zusammenhängen denken und die vorhersahen, was in diesen Tagen geschieht, muß man die Texte der Heterodoxen und Geächteten wiederlesen. Die Blindheit der Professoren rührt von ihrem Glauben an die Ideologien, das Gebiet illusorischer Gewißheiten, und von ihrer Verachtung der dem Zufall unterworfenen Geschichte, dem Reich des Unvorhersehbaren. Die klassische Literatur ist geprägt vom aleatorischen Charakter des historischen Geschehens. Machiavelli und Montesquieu, Tocqueville und Marx lasen mit großem Gewinn die Dichter und Geschichtsschreiber der Antike: was lesen heute die akademischen Politologen? Es gibt Ausnahmen, gewiß, aber es sind Ausnahmen.

Die Anwendung der Methoden der Naturwissenschaften auf das Studium der Gesellschaft und ihrer Veränderungen hat bis heute nicht die erwarteten Resultate gebracht. Trotz dieses Scheiterns haben verblendete und hochmütige Theoretiker beschlossen, diese Methoden auf die Literatur zu übertragen. Sie vergessen, daß verschiedene Wirklichkeiten verschiedene Methoden und Kriterien verlangen. Die Veränderungen biologischer Zellen sind andere als die der menschlichen Gesellschaften; auch reichen die Wandlungen letzterer nicht aus, um die der Kunst und der Literatur zu erklären. Zuerst reduziert man das Werk auf ein rein gesellschaftliches Dokument, und dann behauptet man, der Text sage nicht, was er sagt. Genauer: er verberge eine gesellschaftliche und politische Wirklichkeit. Diese Wirklichkeit aufzudecken sei Aufgabe des Kritikers. Den Text lesen bedeute, ihn zu dechiffrieren, ihn seiner angeblichen Bedeutungen zu entblößen und aufzudecken, was die Worte verbergen. Die literarische Kritik wird zu einer Polizeiaktion, die weniger an Sherlock Holmes als an Torquemada und den Prokurator Vischinski gemahnt. Shakespeares *The Tempest* verwandelt sich in ein Feuerwerk, das mit seinen Lichteffekten die infame Wirklichkeit beschönigt: die Geburt des modernen Imperialismus. Die Beziehung zwischen Prospero und Caliban ist die des europäischen Kolonialherrn und seines Sklaven. Der Text ist ein Gespinst von Täuschungen; wenn der Kritiker es auftrennt, entlarvt er den verlogenen Autor als Komplizen von Tyrannei und Unterdrückung. Nichts entgeht den lächerlichen Verurteilungen dieser Richter in Robe und Barett.

Dieser Wandel hat die Kunst, Gedichte zu schreiben, nicht beeinträchtigt, wohl aber, diese zu lesen. Die

Odyssee als einen literarischen Text zu lesen ist nicht dasselbe, wie sie als ein sozialgeschichtliches Dokument zu lesen. Wenn wir sie als eine Schilderung großartiger Abenteuer lesen, in denen Helden wie aus Fleisch und Blut auftreten, getrieben von einfachen und starken Leidenschaften, das Ganze erzählt mit vollendeter Sprachkunst, edel und direkt zugleich, wie da nicht fasziniert sein von der List Odysseus', der Polyphem täuscht oder sich der Liebesbande entzieht, mit denen Kirke ihn zu umgarnen versucht? Für den, der es als ein Dokument liest, sind diese Episoden nichts weiter als ein Kapitel in der Geschichte des menschlichen Aberglaubens. Die Fabel von Kirke kann als Illustration einer Studie über den Zauberglauben und seine Beziehung zur Sexualität dienen; die von Polyphem kann als eine Allegorie des Kampfes zwischen einem Stamm der Ureinwohner (den Zyklopen) und einer Handvoll imperialistischer Abenteurer gelesen werden. Die *Odyssee* beschreibt Sitten und Gebräuche, die für den Historiker von unzweifelhaftem Interesse sind, doch sie ist weder ein historischer Bericht noch eine ethnographische Reportage: sie ist ein Gedicht, eine Schöpfung aus Worten. Wen die Schönheit mancher Strophen nicht in Bann schlägt, ist ein Banause. Ebensowenig können wir das alte Gedicht als ein Kreuzworträtsel betrachten, das, einmal gelöst, uns die Wirklichkeit des homerischen Griechenland zeigt: seine abergläubische Agrargesellschaft, die sich zusammensetzt aus elenden Bauern, wilden Kriegern, Strauchdieben und verlogenen Dichtern, das heißt, eine weitere Variante der Klassengesellschaft und ihrer Ungerechtigkeiten. Einige dieser Interpretationen sind vielleicht nicht ganz falsch, trotz ihrer Vereinfachung und ihrer Plumpheit. Aber ein Gedicht so zu lesen ist wie Botanik vor einem Landschaftsbild von Corot oder Monet studieren.

Außerhalb des geschlossenen Bereichs der Universitäten war die dichterische Tradition einer ständigen, schleichenden Erosion ausgesetzt, die, gerade weil sie ungewollt ist, sehr schwer aufzuhalten ist. Diese Erosion ist nicht das Resultat einer kritischen Absicht, wie im Falle der schon erwähnten Doktrinäre, sondern des Nihilismus, der allen Mechanismen innewohnt. Agens der Erosion ist nicht eine Idee, sondern ein Prozeß; die Ausbreitung des Buchgewerbes in Verbindung mit der Macht der Werbung hat den alten Austausch von Ideen, Werten, Vorlieben und Meinungen in einen modernen Markt verwandelt. Die literarische Welt, wie die Welt der Kunst, der Wissenschaft und der Philosophie, bestand immer in einem Austausch, im Handel mit zugleich materiellen und geistigen Gütern: Bücher sind Dinge und zugleich Ideen und ästhetische Formen. Es ist daher nicht sonderbar, daß eine berühmte literarische Zeitschrift, wenige Jahre vor dem zweiten Weltkrieg in Paris publiziert, sich *Commerce* nannte. Der Name stammt, wenn ich nicht irre, von Valéry. Ich denke, daß er, mit einer gewissen Insolenz, auf den Austausch höchst seltener geistiger und ästhetischer Güter zwischen wenigen anspruchsvollen Kennern anspielte. Eine für Valéry typische Idee. Eine Idee auch, die eine Vorstellung vom intellektuellen und literarischen Handel als einem Handwerk verrät. Die Verwandlung des Handels, der auf der Seltenheit der Werke basierte, in das heutige Buchgewerbe war ein weiterer Sieg des Marktes über die alten Praktiken.

Glieder in der Kette des Marktes: der Autor produziert Verbrauchsgegenstände (Bücher), die der Verleger herstellt und unter den Verbrauchern (Lesern) vertreibt. Eine ununterbrochene Kette, da fortwährend neue Gegenstände erzeugt werden, die ihrem Wesen nach den Hunger des Verbrauchers nie ganz stillen können. Eine tantalushafte Erfindung des modernen Kapitalismus: mehr, immer mehr – und nie genug. Charles Fourier dachte, im Zustand wahrer Zivilisation – den er Harmonie nannte – würde man eine begrenzte Anzahl von Gütern von unvergleichlicher Qualität und großer Haltbarkeit produzieren; in unseren Gesellschaften dagegen ist man bemüht, die größte Anzahl von Gütern von mittelmäßiger Qualität, kurzer Haltbarkeit und für den raschen Verbrauch zu produzieren. Ich leugne nicht die Vorteile der Marktwirtschaft, die in den entwickelten Ländern einen Reichtum an Gütern schafft, der in der Geschichte ohne Beispiel ist (auch wenn dieser Reichtum oft trügerisch und überflüssig ist: er weckt falsche Bedürfnisse und vermag einige wesentliche nicht zu befriedigen). Ich sehe jedoch, daß in dem Maße, wie die Produktion und der Verbrauch zunehmen, auch der Ausschuß zunimmt. Die Berge von Büchern, die sich in den Buchhandlungen und Bibliotheken häufen, werfen eine bange Frage auf: Was tun mit dem Überschuß?

Die dichterische Tradition ist, wie ich schon sagte, das Resultat der Kreuzung zweier Achsen, einer räumlichen und einer zeitlichen. Die erstere besteht in der Mannigfaltigkeit eines Publikums in ständiger wechselseitiger Kommunikation; die zweite in der kontinuierlichen Aufeinanderfolge von Dichtern und Lesern. Die wechselseitige Kommunikation zwischen Lesern verschiedener Ausrichtung führt der dichterischen Tradition frisches Blut zu und gibt ihr eine neue Sicht. Marx beschäftigte sich viel mit Dante, und Stendhal war ein eifriger Leser Byrons, denn zwischen den verschiedenen Minderheiten – Liebhaber der Philosophie oder der Wirtschaftswissenschaften die einen, die anderen des Romans oder der Geschichte – gab es eine ständige Kommunikation. Der Brauch besteht noch, mag er auch verblaßt sein: Eine meiner schönsten literarischen Erinnerungen ist die an einen Abend im Haus des Physikers Steven Weinberg, als man auf das natürlichste von den Elementarteilchen zur Dichtung von John Donne und Andrew Marvell überging. Diese Pluralität von Lesern verschiedener Disziplinen, vereint durch ähnliche Vorlieben und Wertvorstellungen ist es, was man eine Tradition nennt. Es spielt keine Rolle, daß innerhalb dieser Tradition die Meinungen konträr und sogar kontrovers sind: alle lesen wir Goethe, wenngleich jeder mit anderen Augen.

In einer noch nahen Vergangenheit nährte sich die Tradition von den griechisch-lateinischen Klassikern. Heute werden sie viel weniger gelesen, obgleich sie vom Buchmarkt zum Glück nicht völlig verschwunden sind und in allen Sprachen immer wieder Übersetzungen von Homer, Vergil, Theokrit und Horaz erscheinen. Dagegen lesen wir heute mehr als unsere Großväter die modernen Schriftsteller anderer Sprachen. Dieses Netz teils stillschweigender, teils expliziter Übereinstimmungen und Gegensätze macht das literarische Gespräch einer Epoche aus. Ein fast immer stilles Gespräch, man ist in einem Zimmer allein mit einem Buch. Beim Lesen halten wir Zwiesprache mit Autoren unserer Sprache und anderer Sprachen, mit lebenden und, in den meisten Fällen, mit toten Autoren. Quevedo sagt es in einem Sonett, das nicht auf Papier geschrieben, sondern in einen Block steingewordener Zeit gemeißelt scheint:

> Retirado en la paz de estos desiertos,
> con pocos pero doctos libros juntos,
> vivo en conversación con los difuntos
> y escucho con mis ojos a los muertos.*
>
> (»Im Frieden, den mir diese Wüsten boten,
> mit paar gelehrten Büchern, einst erworbenen,
> leb ich im Zwiegespräch mit den Verstorbenen,
> mit meinen Augen lausche ich den Toten.«)**

Die heutige Buchindustrie hat die Tendenz, die Mannigfaltigkeit des Publikums in eine unpersönliche Mehrheit aufzulösen. Es handelt sich dabei weder um die entschiedene Absicht dieser oder jener Person noch um die Verschwörung einer Gruppe; der Trend ist dem System, das die verlegerische Tätigkeit bestimmt, immanent. Der Handel mit Literatur wird heute aufgrund rein ökonomischer Erwägungen betrieben: Höchster Wert ist die Zahl der Käufer eines Buches. Geld zu verdienen ist legitim; ebenso legitim ist es, Bücher für das »breite Publikum« zu produzieren, aber eine Literatur stirbt und eine Gesellschaft degradiert sich, wenn das Hauptanliegen die Publikation von Bestsellern und von populärer Unterhaltungsliteratur für den Massenkonsum ist. Zu-

* *Desierto* meint hier einen wenig bevölkerten Ort. Quevedo schrieb dieses Sonett in einem kleinen Dorf im Norden der Sierra Morena, wo er ein Landhaus hatte.

** Übersetzung von Lothar Klünner.

weilen koinzidiert die Popularität mit der Vorzüglichkeit des Werks: Dickens und Balzac, Byron und Victor Hugo, um einige Beispiele aus dem vergangenen Jahrhundert zu nennen. Indes kann man nicht darüber hinwegsehen, daß die Geschichte der Literatur des Okzidents, insbesondere in der Neuzeit, die der Minderheiten war und ist: Schriftsteller, die gegen die bestehende Ordnung rebellieren; Dichter und Romanciers, die neue Formen erfinden; Künstler, die als hermetisch und schwierig gelten. Die Logik des Marktes ist nicht die Logik der Literatur.
In dem Maße, wie die Buchindustrie immer unpersönlicher wird – heute beherrschen mächtige übernationale Gesellschaften das Feld –, verdrängen die ökonomischen Erwägungen die literarischen. Freilich ist noch nicht alles verloren: Einige altangesehene Verlage widerstehen dem Trend; auch tauchen hier und da kleine Unternehmen auf, die sich vor allem der Publikation von Gedichtbänden widmen; zudem sind in einigen Ländern die Universitätspressen bestrebt, den kommerziellen Verlagen die Veröffentlichung schwer verkäuflicher Werke abzunehmen. Was letzteres betrifft, habe ich Bedenken: Die große Literatur des 19. und 20. Jahrhunderts wurde fast ausschließlich außerhalb der Universitäten geschaffen. Schließlich, von diesen löblichen Ausnahmen abgesehen, tendiert die Buchindustrie dazu, die Auflagenhöhe zu steigern, aber die Vielfalt von Büchern und mithin auch die der Leser einzuschränken. Im Gegensatz zu anderen Wirtschaftszweigen, bei denen die Mannigfaltigkeit von Produkten unerläßlich ist, besteht hier die Tendenz zur Einförmigkeit. Das verlegerische Ideal ist ein einziges Publikum: Alle haben denselben Geschmack, und alle lesen dasselbe Buch.

Dieses Buch ist viele Bücher: Jeden Tag wird ein neues, von einem anderen Autor, veröffentlicht. Aber alle diese Bücher sind in Wirklichkeit das gleiche Buch.
Die Tendenz zur Beschränkung und zur Einförmigkeit betrifft auch den Autor: Früher schrieb er für ein Publikum und sogar für einen Leser-Gesprächspartner. Alle Dichter haben von einem idealen Leser geträumt: *ihrem* Leser. Heute sieht sich der Schriftsteller dem Verleger und dessen Marketingmanagern konfrontiert; zudem gibt es in jedem Verlagshaus, vor allem in den USA, »editors«, deren Aufgabe es ist, die Manuskripte zu korrigieren und zu bearbeiten. Einige dieser Praktiken sind, für sich allein genommen, in Einzelfällen erklärlich und gerechtfertigt; in ihrer Gesamtheit sind sie bedauerlich: Sie drohen die Verschiedenartigkeit von Autoren, Werken und Lesern aufzuheben. Ein unschätzbarer Verlust, da man nicht nur Gesprächspartner verliert, obgleich die Zahl der Leser steigt, sondern auch die Idee des *Gesprächspartners* stirbt. Und mit ihr der Dialog zwischen Autor und Leser. Das Gravierendste: An welchem Ort schreibt man und liest man? Für das moderne Verlagssystem, sekundiert von der Werbung und vom Fernsehen, sind alle Orte, auch die entferntesten, *hier*. Und wo ist hier? In diesem Nirgendwo, das überall ist. Hier ist in der Zeit, ist *eben jetzt*. Die räumliche Achse wird zur zeitlichen Achse.
Der Mechanismus des Marktes wirkt sich ebenso korrosiv aus auf die andere Achse der dichterischen Tradition: die zeitliche. Die Dominanz des Jetzt lockert die Bande, die uns mit der Vergangenheit verbinden. Die Presse, das Fernsehen und die Werbung bieten uns täglich Bilder dessen, was eben jetzt hier

und dort, in Patagonien, in Sibirien und im Nachbarviertel geschieht; die Menschen sind absorbiert von einem Jetzt, das unablässig flimmert und uns das Gefühl einer permanenten und fortwährend beschleunigten Bewegung gibt. Aber bewegen wir uns wirklich, oder drehen wir uns nicht nur immer auf der Stelle? Ob Illusion oder Wirklichkeit, die Vergangenheit entfernt sich mit rasender Geschwindigkeit und entschwindet uns. Seinerseits führt der Verlust der Vergangenheit zwangsläufig zum Verlust der Zukunft. Seit dem 18. Jahrhundert ist unsere Zivilisation auf die Zukunft hin ausgerichtet. Ihr Führer auf diesem Weg war die Idee des Fortschritts, unser Polarstern. Seit einigen Jahren ist dieser Stern trüb geworden; seinen Glanz hat die Gegenwart geerbt. Aber es ist eine Gegenwart ohne Gewicht; sie flattert und gewinnt nicht an Höhe, sie bewegt sich und kommt nicht voran. Sie glaubt, sie gehe in alle Richtungen, und geht doch in keine: sie hat den Orientierungssinn verloren. Die Zwecke verflüchtigen sich in dem Maße, wie die Mittel zunehmen. Unsere Gegenwart ist eine Zeit ohne Osten (Orient) oder Polarstern, der sie leitet, sie ist buchstäblich des-orientiert. Im Bereich der literarischen Tradition manifestiert sich die Expansion der Gegenwart in der Tendenz zur Sofortkommunikation. Dauerhaftigkeit, Attribut der Vollkommenheit, weicht dem schnellen Konsum. Die Vergangenheit geht verloren und die Zukunft verschwimmt; ihrerseits spitzt die Gegenwart sich im Augenblick zu: die drei Zeiten sind ein Blitz. Der Augenblick zerbirst und verschwindet.

Die Dichter waren das Gedächtnis der Völker. Homer rühmt die Taten eines heroischen Zeitalters und erzählt, was vor vielen Jahren geschah; für ihn existiert die Zukunft nicht: er lebt in einer unbeweglichen Gesellschaft, welche den Blick in die Vergangenheit richtet, die das Vorbild und die Quelle der Gegenwart ist. Später inspirieren sich die griechischen Dichter an Homer, die römischen Dichter an den griechischen, Catull übernimmt die Alexandriner, Vergil geleitet Dante auf seiner Wanderung durch das Inferno, Petrarca ist das Vorbild der europäischen Dichter, und so fort bis in unsere Zeit. Jeder Dichter ist ein Pulsschlag im Strom der Tradition, ein Moment der Sprache. Bisweilen verleugnen die Dichter ihre Tradition, doch nur um eine andere zu erfinden. Das Phänomen kehrt periodisch wieder und tritt besonders deutlich zutage in der modernen Epoche. Von der Romantik bis zum Surrealismus hat jede dichterische Bewegung ihre eigene Tradition erfunden. Die Surrealisten erstellten von den Dichtern Listen, die eine Art Parodie des Jüngsten Gerichts oder der Reifeprüfung waren; jeder dort verzeichnete Dichter erhielt eine Note: Baudelaire 8, Rimbaud 9½, Lautréamont 10 (mit Auszeichnung), Apollinaire 7, Claudel –5, Valéry 1, Apulejus 6, Vergil 0, Dante 8, de Sade 10 (mit besonderer Auszeichnung) etc. Die meisten Dichter wählten ihre Ahnen: Eliot die »metaphysischen Dichter« und Laforgue; Pound Cavalcanti und Li Tai-Po; Neruda Whitman, Borges einen anderen Whitman als den Nerudas und Whitman einen anonymen Dichter namens Walt, ein Kosmos in einem *borough* von New York. Die erfundene Vergangenheit wird von der Gegenwart aus in die Zukunft projiziert. Alle Dichter möchten in der Zukunft gelesen werden, und gründlicher und wohlwollender als zu ihrer Zeit. Keine Gier nach Ruhm: Gier nach Leben. Der Dichter weiß, daß er nur ein

Glied der Kette ist, eine Brücke zwischen dem Gestern und dem Morgen. Doch plötzlich, am Ende dieses Jahrhunderts, entdeckt er, daß sich diese Brücke auf zwei Abgründe stützt: den der sich entfernenden Vergangenheit und den der sich verflüchtigenden Zukunft. Der Dichter fühlt sich in der Zeit verloren.

Die dichterischen Formen sind von essentieller Bedeutung, denn sie sind unser Mittel gegen den Tod und die Abnutzung durch die Jahre. Die Form ist geschaffen, um zu dauern. Manchmal ist sie eine Herausforderung, andere Male eine Festung oder auch ein Monument, doch immer ist sie der Wille zur Dauer. Äußerst konzentrierte und umgewandelte Zeit, die der realen Zeit nichts Starres, sondern eine lebendige Architektur entgegensetzt. Sonette und Balladen, italienische Elfsilber und japanische Tankas, freier Vers oder Gedicht in Prosa, alle Formen und alle Metren sind Archen, um das Meer der Jahre und der Jahrhunderte zu überqueren: das Gedächtnis der Menschen. Die Kunst ist Formwille, denn sie ist der Wille fortzubestehen. Wenn eine Form sich abnutzt oder zur Formel wird, muß der Dichter eine andere erfinden. Oder eine alte finden und sie erneuern: sie wiedererfinden. Die Erfindung einer Form ist häufig eine zwei- oder dreihundert Jahre alte Neuheit: nichts neuer als die von Pound wiedererschaffenen chinesischen Gedichte, die Lieder, in denen Apollinaire mittelalterliche Metren wiedererweckt, oder die vage, schwerelos dahingleitende Musik, die Darío bei Verlaine und Verlaine bei Villon gelernt hat. Doch die Industrie zieht den echten Neuheiten die leichtverdaulichen Novitäten vor, die Formeln den Formen.

Die erste Hälfte dieses Jahrhunderts war eine Periode der Erfindungen und Neuschöpfungen in allen Künsten. Daher ist sie auch, wie der Symbolismus, eine unpopuläre Epoche der neuen Kunst gewesen. Glücklicherweise erfreuten sich die Dichter und die Künstler der Unterstützung einiger Mäzene, Verlage, Galerien und Sammler. Die moderne Kunst, die heute Hunderttausende in den Museen bewundern, und die Bücher, die alle zitieren und kaufen, waren vor knapp einem halben Jahrhundert die Kunst und die Literatur einer Minderheit. Nach dem zweiten Weltkrieg haben sich die künstlerischen Aktivitäten vervielfacht: Museen, Galerien, Biennalen, internationale Versteigerungen, Ströme von Gold, eine Flut von Werbung. Gleiches ist der Fall, wenn auch in viel geringerem Maße, im Verlagswesen. Jedoch prädominieren, in den visuellen Künsten ebenso wie in der Literatur, die Stereotypen. Das Modewort »Postmoderne« bezeichnet einen Eklektizismus. In der Malerei und in den anderen Künsten gibt es eine Unmenge Abklatsch. Man wird sagen, daß ich übertreibe. Mag sein, aber man muß übertreiben. Obgleich es für diese Situation vielfache und komplexe Gründe gibt, bin ich überzeugt, daß einer der Hauptgründe die Umwandlung des alten Handels mit Literatur und Kunst in einen modernen Finanzmarkt ist. Dieser ökonomische Wandel koinzidiert in den Demokratien der westlichen Welt mit einem anderen, der moralischer und politischer Art ist: der Verwandlung der Bürger in Verbraucher.

3.
Bilanz und Prognose

Meine Schilderung der Situation der Dichtung an dieser Jahrhundertwende war unvollständig, war gerade nur ein Entwurf, ein erster Ansatz. Immerhin, so meine ich, habe ich sowohl die Hindernisse aufgezeigt, die ihre Verbreitung erschweren, als auch ihre konkreten Möglichkeiten zu überleben. Nein, die Dichtung geht nicht ihrem Ende zu. Bisweilen erweckt sie den Eindruck einer gewissen Müdigkeit, Entkräftung, auch Sterilität; erstmals seit der romantischen Epoche hat es in den vergangenen dreißig Jahren keine neue dichterische Bewegung gegeben. Doch das gilt auch für die anderen Künste. Gleichwohl sind gute Dichter und Künstler in Erscheinung getreten; jede Epoche bringt die ihren hervor. Das Ausbleiben dichterischer Bewegungen spiegelt eine der großen Veränderungen wider, die unsere Epoche erlebt hat: das Ende der Tradition des Bruchs. Dies ist eines der Anzeichen für das Ende der Moderne oder ihre Verwandlung.* Einige fragen sich: Gibt es noch große Dichter, wie es sie vor knapp dreißig Jahren gab? Diese Frage resultiert aus einer falschen Optik; jede Generation stimmt dieselbe Klage an: Die Zeitgenossen Daríos sehnten sich zurück nach Bécquer, die Bécquers nach Espronceda, die Esproncedas nach Meléndez Valdés. Das Phänomen ist zyklisch und global, man begegnet ihm zu allen Zeiten und in allen

* Ich habe dieses Thema in anderen Schriften angeschnitten, insbesondere in *Die andere Zeit der Dichtung* und in einem in dem vorliegenden Buch enthaltenen Essay: *Bruch und Konvergenz.*

Sprachen. Und was man von der Dichtung sagt, könnte man auch vom Roman und den anderen literarischen Gattungen sagen. Stirbt die Literatur? Nein, wir leben in einer Periode tiefen intellektuellen und geistigen Unbehagens, die zusammenfällt mit einer ungeheuren historischen Erschütterung. Eine Epoche geht zu Ende. Beginnt eine andere, oder ist das, was wir sehen und erleben, die Metamorphose des modernen Zeitalters? Geburt oder Wiedergeburt, des Signum dieser Jahrhundertwende ist die Frageform. Doch alle Epochen der Ungewißheit waren reich an dichterischen und künstlerischen Schöpfungen. Nicht die Gesundheit der Dichtung macht mir Sorge, sondern ihre Situation in der Gesellschaft, in der wir leben.

Die von der Absorbierung durch den Finanzmarkt am meisten betroffenen Künste waren gerade jene, die dem Anschein nach mehr favorisiert waren: die Malerei und der Roman, die zu Konsumgütern wurden. Wie all diese Wandlungen beurteilen? Einerseits hat man die Künste degradiert, indem man das Kriterium der Rentabilität auf ein Gebiet übertrug, in dem andere Werte gelten; andererseits hat man die künstlerische Produktion stimuliert. Die allgemeine Mittelmäßigkeit der Produktion ist nicht von Belang: das exzellente Werk ragt schließlich immer heraus und setzt sich durch. Was die Dichtung betrifft: Sie hat überlebt, obgleich sie dazu verurteilt war, sich in den Katakomben zu verbergen. All dem kann man entnehmen, daß die Lage mißlich und schwierig ist – wann war sie es nicht? –, aber nicht hoffnungslos.

Ich habe mich des langen über die negativen Einflüsse ausgelassen. Jetzt muß ich auf die günstigen Zeichen hinweisen. Mögen es auch wenige sein, sind sie doch nicht zu verachten. Auf einige habe ich bereits angespielt, doch andere, vielleicht die verheißungsvollsten, habe ich noch nicht erwähnt. Ich will, in aller Kürze, auf sie Bezug nehmen. Am Rande des großen Marktes sind vielerorts kleine Verlage entstanden, die sich der Publikation von Gedichtbänden widmen; es gibt eine große Aktivität auf dem Gebiet der Übersetzung, und es mehren sich die Zeitschriften, die ausschließlich der Dichtung gewidmet sind; es gibt eine internationale Bruderschaft von Freunden der Dichtkunst, und diese Gruppen kommunizieren über die sprachlichen und politischen Grenzen hinweg miteinander; es gibt eine große Anzahl internationaler Poesie-Festivals; öffentliche Lesungen sind ein Brauch, der sich immer mehr ausbreitet und bereits den Rundfunk und das Fernsehen erreicht hat (vor allem in den USA und in Großbritannien). Kurz, es ist nicht verwegen, zu behaupten, daß es ein sehr breites, wenn auch verstreutes Leserpublikum gibt, das von Jahr zu Jahr größer wird. Im Okzident besitzen die Dichter noch nicht den gesellschaftlichen Einfluß, den die großen Romantiker hatten, doch in Lateinamerika und anderswo ist der Dichter noch eine Person des öffentlichen Lebens. In der Sowjetunion, in China und in Osteuropa haben die Dichter in hohem Maße und manchmal auch unmittelbar an den Kämpfen für die Demokratie und gegen die in jenen Ländern herrschenden kommunistischen Bürokratien teilgenommen.

Wie Donald Hall berichtet, beauftragte die Firma Philipp Morris im Jahre 1988 eine Spezialistin, Lou Harris, mit einer Umfrage über »die Nordamerikaner und die Künste«. Das National Center of Arts veröffentlichte etwas später die Statistiken von Harris. Hier einige Zahlen: Siebenundneunzig Millionen Nordamerikaner besuchen mindestens einmal im Jahr die Kunstmuseen, und sechzig Millionen besuchen Ballett- und Modern dance-Vorstellungen. Wie viele Photographen gibt es in den USA? Neunzig Millionen. Und wie viele lernen und praktizieren Ballett und Tanz? Vierzig Millionen. Bei diesen Zahlen ist durchaus glaubhaft, daß zweiundvierzig Millionen Nordamerikaner Gedichte und Stories schreiben. Diese Liebe zur Poesie und zur Story – eine Gattung, die zwischen dem Gedicht in Prosa und der Erzählung schwankt – findet man nicht nur in den USA; alle wissen wir, daß sehr viele Menschen Gedichte schreiben, auch wenn wenige eine Gelegenheit finden, sie zu veröffentlichen. All diese Amateure sind potentielle Leser, und verwunderlich ist nicht, daß es zweiundvierzig Millionen heimliche Autoren gibt, sondern daß sehr wenige von ihnen Gedichtbände kaufen und lesen. Wie ist das zu erklären? Neid des privaten Autors gegenüber dem offiziellen Autor? Das glaube ich nicht. Ich versuche eine Antwort zu geben: Der Spontanautor kann nicht zum aktiven Leser werden, weil er über die Literatur von heute und die neuen dichterischen Formen nicht genügend informiert ist. Sein Geschmack ist, von ganz wenigen Ausnahmen abgesehen, der der vorigen Generation, und daher rühren die Gemeinplätze und die antiquierte Art seines Schreibens. Getrieben von einem legitimen, aber vagen Verlangen, sich auszudrücken, verfügt der Amateur nicht über dieses Wissen, das einem die häufige Lektüre guter Dichtung einbringt. Dieses Wissen ist nicht nur theoretische Kenntnis, sondern Erfahrung, die einem zur zweiten Natur wird, das heißt, ein Savoir-faire, ein

Können. Die Hauptschuld an dieser Situation tragen, wenngleich nicht allein, die Verleger und das Erziehungssystem.

Die Verleger haben diese potentiellen Leser, die Amateure im Schreiben von Gedichten, ignoriert. Das ist nicht verwunderlich: fast alle Verleger gehören zur Gruppe der führenden Technokraten, die die zweifelhaften Gesellschaftswissenschaften anbetet, die klassische Literatur geringschätzt und die Poesie mit Argwohn betrachtet; von einigen wird sie als unnütze Tätigkeit und von anderen als archaischer Zeitvertreib angesehen. Deshalb muß man anfangen, die Verleger, ihre Assistenten und ihre PR-Leute zu erziehen. Das ist sehr schwierig, aber nicht völlig unmöglich. Sollte es nicht möglich noch überhaupt wünschenswert sein, diese gigantische Industrie zu verändern, so lassen sich doch kleine autonome Einheiten schaffen, denen die Aufgabe zufällt, Bücher zu produzieren, die die Bedürfnisse der Minderheiten befriedigen. Das heißt: Man sollte auf die Pluralität des Geschmacks, der Neigungen und der geistigen wie ästhetischen Interessen setzen. Der Fall des nordamerikanischen Verlags *New Directions* ist ein bemerkenswertes Beispiel. Als Sohn wohlhabender Eltern studierte James Laughlin vor etwa fünfzig Jahren in Harvard. Liebhaber der Dichtung, doch von seinen Professoren enttäuscht, beschloß er, einige Zeit in Rapallo zu verbringen, wo Ezra Pound der Mittelpunkt einer kleinen Gruppe war, die sich poetischen Studien widmete – die Ezraversity, wie Pound selbst seinen Kreis nannte. Nach sechs Monaten des Zusammenlebens schlossen Pound und Laughlin einen Pakt: Letzterer sollte Verleger werden und sich der Publikation der Bücher von Pound, Williams und anderen Dichtern jener Epoche widmen. So wurde *New Directions* geboren. Der Verlag hat sich bereits über ein halbes Jahrhundert lang halten können, und er hat zwei in gleichem Maße schwierige Dinge erreicht: Erstens, nicht zu einem supranationalen Giganten zu werden, und zweitens, nicht nur viele ausgezeichnete nordamerikanische Dichter zu veröffentlichen, sondern auch das *corpus* der modernen europäischen und lateinamerikanischen Dichtung.

In einem kürzlich erschienenen Band unterhaltsamer und intelligenter Prosa (*Recollections of a Publisher*, 1989) berichtet Laughlin, daß Pound ihm riet, welche Bücher er veröffentlichen, doch nicht, wie er sie verkaufen sollte. Und er fügte hinzu: »Vielleicht wußte er es nicht. Oder es war ihm egal. Ich kann seine genauen Worte heute nicht mehr wiedergeben, doch ich erinnere mich, daß er mir mehr als einmal sagte, ihm genüge es, wenn etwas von ihm, in irgendeiner obskuren Zeitschrift veröffentlicht, siebenundzwanzig Lesern zu Gesicht käme und sie aus dem Häuschen brächte. Diese siebenundzwanzig wären danach imstande, seine Schriften zu verbreiten.« Pound hatte so unrecht nicht: Ein Buch wird nicht durch Lautsprecherwerbung bekannt, sondern von Ohr zu Ohr und *sotto voce*. Laughlin war vernünftig genug, nicht jeden Rat Pounds zu befolgen; er veröffentlichte zum Beispiel nicht die exzentrischen Wirtschaftstheorien des Mayor Douglas. Hingegen begriff er sehr schnell, daß die neue Literatur, von den Universitätsprofessoren und den offiziellen Kritikern einmütig abgetan, ein kleines, aber enthusiastisches Publikum für sich gewinnen könnte. Es war ein Unternehmen gegen den Strom und mit Vorbedacht auf die Minoritäten ausgerichtet. In einem seiner Briefe schreibt Pound seinem jungen Freund: »Ich bitte Dich inständig, denk darüber nach, was ich Dir einmal gesagt habe: *nichts* von dem, was für Geld geschrieben wird, ist einen Pfifferling wert; das *einzige*, was taugt, ist das, was *gegen* den Markt geschrieben wurde. Es gibt kein schlimmeres Gift als das Geld. Wenn einer einen dicken Scheck erhält, denkt er sogleich, daß er etwas geschaffen habe, doch schon bald fließt kein Blut mehr durch seine Adern, sondern Tinte.« Diese Zeilen wurden 1940 geschrieben; neun Jahre später kam Pound darauf zurück: »Der Tod aller alten und berühmten Verlage der Vereinigten Staaten wäre ein Zeichen der Liebe Gottes zum Menschengeschlecht. Es gibt kein einziges Beispiel dafür, daß diese Firmen je einem lebenden Schriftsteller oder der Literatur geholfen haben.«

Die Funktion kleiner unabhängiger Verlage ist vergleichbar der Bildung von Antikörpern zum Schutz des Organismus. Umgeben von allgemeiner Indifferenz beschließt eine Gruppe talentierter junger Leute, eine Zeitschrift zu gründen. Einer von ihnen erweist sich als mutiger und geschickter Mannschaftskapitän, der imstande ist, sein Zelt auf dem Gebiet der Philister aufzuschlagen. Nach kurzer Zeit verwandelt sich die Zeitschrift in einen einflußreichen Verlag, dessen Bücher den Geschmack und die Ansichten des Publikums verändern. Ich spreche von der *Nouvelle Revue Française* von André Gide und Gaston Gallimard. In anderen Fällen ist Initiator und Mittelpunkt der Zeitschrift eine große Persönlichkeit: die *Revista de Occidente* von José Ortega y Gasset. Die stimulierende Wirkung dieser Zeitschrift, ihrer Bücher und des Werks von Ortega y Gasset selbst war für meine Generation immens und nachhaltig. Ich war um die zwanzig, und unter den Büchern der *Revista de Occidente*, die mir in die Hände kamen, befanden sich *Cántico* von Jorge Guillén, *Romancero gitano* von García Lorca und *Cal y canto* von Rafael Alberti. Etwas später publizierte *Cruz y Raya* von José Bergamín bemerkenswerte Werke, von denen eines uns alle erschütterte: *Residencia en la tierra* von Neruda. In denselben Jahren erschien in Buenos Aires die Zeitschrift *Sur*; deren Seele war Victoria Ocampo, unterstützt von einem schlichten und feinsinnigen Talent: José Bianco. Auch *Sur* veröffentlichte Bücher, und mit ihrem Signet erschienen unter anderem *El jardín de los senderos que se bifurcan* (»Der Garten der Pfade, die sich verzweigen«) von Borges und *Nostalgia de la muerte* von Xavier Villaurrutia. Manchmal verlassen die Minenarbeiter den Untergrund, gleiten durch die Flure der Verlagsfestungen und werden zu Ratgebern und Inspiratoren der Fürsten der Industrie: der Dichter T. S. Eliot und sein Büro bei *Faber and Faber* in London.

Es wäre ermüdend, weitere Beispiele anzuführen, doch sollte ich erwähnen, daß zwei Merkmale diese Unternehmen kennzeichnen. Das erste: Ihre Gründung verdankt sich der gemeinsamen Aktivität einer Gruppe zumeist junger Schriftsteller; diese Gruppe erkennt intuitiv, wenn auch nicht immer klar, daß sie etwas Neues oder anderes zu sagen hat; die Zeitschrift und der Verlag bringen die Neuheit und die Originalität nicht so sehr einer Generation als einer Sensibilität, einer Sprache und einer Vision zum Ausdruck. Wenn es nichts Neues zu sagen gibt, erlischt der Verlag, oder er wird zum Geschäft. Das zweite Merkmal: Die Zeitschrift und ihre Publikationen drücken den Geschmack und die Bestrebungen einer Minderheit aus; damit richten sie sich gegen die herrschenden Formen und Ideen. Diese beiden Merkmale definieren das Phänomen: ein Bruch der bestehenden Ordnung und das Hereinbrechen einer anderen Literatur. Sowohl der Bruch als auch der Neubeginn sind relativ: jeder Wandel bestätigt die Tradition und setzt sie fort, jede Innovation nährt sich von den Erfindungen der Vergangenheit, jeder Bruch ist eine Erneuerung und eine Huldigung der Werke der Vorfahren.

Diese doppelte Bewegung: Verneinung und Bejahung, Bruch und Nachfolgeschaft, ist in der Geschichte aller Literaturen und ganz besonders in der modernen eine Konstante. Das Ausbleiben dieser Art von Manifestationen im literarischen Leben unserer Tage ist ein beunruhigendes Zeichen. Im modernen Zeitalter war die Aktivität der Minderheiten der die literarische Tradition belebende Hauch. Das Verschwinden der Minderheiten und ihrer Manifestationen – Zeitschriften und kleine Verlage – zugunsten einer angeblichen Einmütigkeit würde nicht nur eine Verstümmelung dieses lebendigen Körpers, der die Literatur ist, bedeuten, sondern vielleicht sogar seinen Tod. Es gäbe keine Literatur mehr: nur Bestseller. Ich fürchte, daß dies das Ideal nicht weniger Verleger ist. Hoffen wir, daß dieser Traum nie wahr wird. Allerdings ist wahr, daß wir eine Periode der Ungewißheit in allen Künsten erleben. Es besteht kein Zweifel, daß der zeitgenössischen Literatur etwas fehlt. Dieses Etwas ist die Silbe *Nein*, eine Silbe, die immer die Ankündigung großer Bejahungen gewesen ist. Ich bin sicher, in den Winkeln dieser Jahrhundertwende verborgen, bereitet sich »etwas« vor.

Die Erziehung der Verleger ist eine der Bedingungen für die Bewahrung der literarischen Tradition, verstanden als die doppelte Aktivität von Minderheiten und Mehrheiten, Brüchen und erneuten Bejahungen. Die andere Bedingung ist die Erziehung der Professoren. Ich habe bereits die fatalen Wirkungen der modernen Tendenz erwähnt, literarische Werke als historische und gesellschaftliche Dokumente zu betrachten. Diese intellektuelle Mode ist nicht der notorischen Pedanterie der Gelehrten zuzuschreiben, wenngleich auch die sich auswirkt, sondern der Faszination, welche die Orthodoxien schon immer auf den Intellekt ausgeübt haben. Für manche Geister ist nichts von größerem Reiz als die »universalen Kompendien und die allgemeinen Erklärungen der Welt«, sagte Marx. Er bezog sich auf die Religion, ohne zu wissen, daß er das Schicksal seiner Lehre im 20. Jahrhundert vorhersagte. Im übrigen ist es nicht das erste Mal in der Geschichte, daß die Dichtung Gegenstand der Entstellungen und Verstümmelungen wurde, die der rigorose Absolutismus der Orthodoxien mit sich bringt. Die Konfuzius zugeschriebene große Anthologie *Shih-ching* enthält viele Liebesgedichte, die oft an die traditionelle erotische Lyrik Spaniens erinnern. Die Prüderie der Manderine jedoch verwandelte diese Gedichte, die die völlig regellose und unvergleichliche Leidenschaft besingen, in rigide politische Allegorien und moralisierende Fabeln. Den affektiven Banden, welche die Liebenden vereinen und entzweien, wurde von der offiziellen Interpretation die Strenge des Kodex aufgezwungen, der die Beziehungen des Herrn zu seinen Dienern regelt. In unserer Zivilisation verwandelten andere Orthodoxien, die jüdische und die christliche, die als *Das Hohelied* bekannten erotischen Gedichte in eine religiöse Allegorie der Liebe Jehovas zu Israel oder Christi zu seiner Kirche. Die Verleugnung des Körpers, bekräftigt noch durch den Einfluß des Platonismus auf die christliche Philosophie, führte den großen Menéndez Pelayo dazu, die Unbefangenheit von Santa Teresa de Ávila zu beklagen, die Volkslieder mit amourösem Thema verwandte, um die Hochzeit der Seele mit ihrem Gott zu besingen. Auf der anderen Seite des Ärmelkanals wiederholte sich der Skandal: Auch der Dichter Auden fand die exzessive Sinnlichkeit einiger Strophen von San Juan de la Cruz äußerst bedauerlich.

Die Zensur der religiösen Orthodoxien ist indes nicht so ridikül wie gewisse szientistische Interpretationen. Ich denke jetzt nicht an die Soziologie, sondern an die Psychoanalyse. Einige Professoren wollen im *Cántico espiritual* (»Geistlicher Lobgesang«) unbedingt ein profanes Liebesgedicht sehen und in der »Noche oscura del alma« das Abenteuer eines Mädchens, das heimlich das Haus verläßt, um sich in einer Waldlichtung mit ihrem Liebhaber zu vereinigen. Diese Gedichte als Texte profaner Liebe zu lesen – oder als Sublimierung unterdrückter sexueller, vielleicht homoerotischer Neigungen – kommt der politischen Lesart des *Shih-ching* der chinesischen Gelehrten gleich. Eine solche Lesart ist einseitig und simplifizierend; sie ignoriert die Ambiguität dieser Gedichte, ihren ständigen Wechsel vom Sakralen zum Profanen, vom Spirituellen zum Sinnlichen, vom Geistigen zum Fleischlichen. Diese Ambiguität findet sich übrigens nicht nur bei San Juan de la Cruz; sie zeigt sich in allen großen mystischen Texten, seien diese christlich oder islamisch, hinduistisch oder taoistisch. Lediglich bei den Neuplatonikern, bemerkt E. R. Dodds, war die Trennung zwischen Körper und Seele rigoros (und auch nicht bei allen). Der Tantrismus im Orient und verschiedene gnostische Sekten im Okzident sind die trefflichsten und extremsten Beispiele für diese alte, unbezähmbare Neigung, die Empfindung mit der Idee, die Tat mit dem Symbol zu vermischen.

Andererseits ist die Vermischung des Religiösen mit dem Erotischen ein konstantes Merkmal der profanen Dichtung. Dante und John Donne, Quevedo und Baudelaire, Lope de Vega und Sor Juana Inés de la Cruz, Petrarca und Ronsard, Novalis und Blake, nicht ausgenommen die jüngeren Dichter wie Medrano und López Velarde, gebrauchen ständig religiöse Ausdrücke, wenn sie sich auf ihre affektiven Erfahrungen beziehen. Nichts natürlicher, als daß San Juan de la Cruz zu Bildern starker Erotik greift und daß viele von ihnen sowohl der Dichtung in gehobener Sprache als auch den Volksliedern entstammen. Doch ist San Juan de la Cruz eher schüchtern, wenn man an die Sprache der Sufi-Dichter oder an die tantrischen Texte denkt. In diesen letzteren zum Beispiel wird der Begriff *sukra* (Samen) auch gebraucht, um jähe Erleuchtung *(bodhicitta)* zu bezeichnen, und der Orgasmus und die Ekstase heißen unterschiedslos *mahasukha* (große Wonne). Wenn es kein größeres Glück gibt als die befriedigte menschliche Liebe, kein größeres Unglück als die verweigerte Liebe, wie sollte man es nicht mit der mystischen Liebe vergleichen? Es sind Ausdrücke derselben Lebenskraft ... Diese kurze Abschweifung mag immerhin deutlich gemacht haben, was ich habe sagen wollen, als ich davon sprach, »die Gelehrten zu erziehen«.

Ich schätze ihre Kenntnisse nicht gering, die umfangreich und mannigfaltig sind; aber die Gelehrten müssen wieder lernen, Gedichte als dichterische Texte zu lesen und nicht als gesellschaftliche oder psychoanalytische Dokumente.*
Meine Unnachsichtigkeit den Professoren gegenüber gründet sich auf die Überzeugung, daß die Kontinuität der dichterischen Tradition zu einem Gutteil von ihnen abhängt. Ohne die Pädagogen Griechenlands hätte niemand die homerischen Gedichte rezitiert, und Griechenland wäre nicht Griechenland gewesen. Ich erkenne an, daß die dichterische Tradition, wenn auch beschädigt, eben dank der Professoren fortbesteht; im Unterschied zur klassischen Literatur ist die nationale dichterische Tradition lebendig und wird an fast allen Universitäten gepflegt. Die Vorliebe der Jugend für die Dichtung und die Aufgeschlossenheit dieses Publikums in den USA verdankt sich der besonderen Sorgfalt, mit der sich die Universitäten der Lehre der dichterischen Tradition widmen. In einigen Ländern wie England, Rußland, Deutschland und Japan wird die nationale dichterische Tradition hochgehalten: Shakespeare ist für die Engländer immer noch ein Gott, Goethe für die Deutschen und Puschkin für die Russen. In Hispanoamerika geht solche Wertschätzung verloren, und in einigen Ländern ist sie bereits nicht mehr zu finden. Doch handelt es sich um einen kranken Kontinent; nirgendwo in der Welt war der Verlust der historischen Erinnerung so gravierend und hatte derart verheerende Folgen wie in den Ländern Lateinamerikas.

* Ein Beispiel für richtiges Lesen hat Domingo Yndurain in seiner hervorragenden Ausgabe der *Poesías* von San Juan de la Cruz gegeben (Cátedra, 1983).

Ich muß hinzufügen, daß die Einstellung der Universitäten den Dichtern gegenüber sich sehr geändert hat, vor allem der Universitäten in den USA, der besten und reichsten. Früher konnte man die an den Universitäten lehrenden Dichter an den Fingern abzählen. Keiner der großen Dichter des 19. und auch des 20. Jahrhunderts gehörte zu ihnen. Doch nach dem zweiten Weltkrieg öffneten die nordamerikanischen Universitäten ihnen ihre Pforten; man lud sie nicht nur zu Lesungen ihrer Dichtungen ein, sondern bot ihnen auch Lehrstühle an und beauftragte sie, Seminare zu leiten. Ich sehe diesen Wandel mit gemischten Gefühlen. Man hat dem Dichter einen Platz angewiesen, ihm, der vom Bürgertum und von den akademischen Institutionen häufig als Paria und als jemand betrachtet wurde, der nichts ist und nichts kann; es besteht indes die Gefahr, daß die Isolation der Universitäten – wesentlich intellektuell und sogar lebensfremd, am Rande des urbanen Lebens – das Blickfeld des Dichters einschränkt. Die Erfahrung des Dichters muß direkt, umfassend und mannigfaltig sein: Eliot hat es nicht geschadet, in einer Bank zu arbeiten, noch Neruda, in Rangun als Konsul zu fungieren. Gleichwohl haben einige der besten zeitgenössischen Dichter der USA, wie Robert Lowell und Elizabeth Bishop, in diesen aseptischen Paradiesen, welche die Universitäten dieses Landes sind, gewirkt, ohne Schaden zu nehmen. Vielleicht weil sie in deren Abgeschiedenheit vorübergehend Ruhe fanden. Eine weitere Neuheit sind die »Workshops«, in denen ein Dichter sein Handwerk einer Gruppe von Studenten lehrt. Diese Workshops gibt es an fast allen Universitäten der Vereinigten Staaten (auch an denen Mexikos). Mir scheint, daß sie mehr geschadet als genutzt haben. Wenn man »schreiben lehren« will, sollte man besser zur alten Stilkunde, zur Rhetorik und zum Studium der klassischen Vorbilder zurückkehren.

Die Dichter suchen, wie im Mittelalter, Zuflucht bei den Universitäten, aber es wäre fatal, wenn sie der Stadt den Rücken kehrten. Villon war ein Sohn der Universität, welche die Straßen von Paris waren. Die Dichtung, für die Villon beispielhaft ist, befriedigt Bedürfnisse des Sentiments wie des Geistes, die intim und kollektiv zugleich sind. Manche wurzeln tief, andere vermischen sich mit der fließenden Zeit: Liebe, Leid, Reue, Visionen, die ganze Skala der Empfindungen und Gemütsbewegungen. Die Dichtung (be)singt, was gerade geschieht; ihre Aufgabe ist es, dem täglichen Leben Form zu geben und es sichtbar zu machen. Ich sage nicht, daß dies ihre einzige Aufgabe ist, doch es ist ihre älteste, nie endend und allumfassend. Auch wenn nicht alle Völker eine *Divina Commedia* oder ein *Paradise Lost* haben, so haben doch alle eine dichterische Tradition – Lieder, Balladen, Romanzen –, die mit ihrer eigenen Geschichte verschmilzt. Zu allen Zeiten und überall hat man Lieder der Liebe oder des Schmerzes, der Einsamkeit oder der gemeinsamen Fröhlichkeit verfaßt. Diese Gedichte wurden in den Tempeln und auf den öffentlichen Plätzen, in den Salons und in den Tavernen, in den Theatern und in den Schlafgemächern gesungen. Diese Tradition ist noch lebendig, wie die überaus große Popularität beweist, welche die Liedermacher, die Musiker und die Sänger genießen. Das Fernsehen, der Rundfunk und die Schallplattenfirmen reproduzieren unaufhörlich deren Lieder, Stimmen und Gesichter. Auch wenn die dichterischen und musikalischen Formen sich gewandelt haben, unterscheiden sich die Themen eines John Lennon oder die eines anderen volkstümlichen Poeten unserer Zeit kaum von denen der Romanzen und Lieder des 16. und 17. Jahrhunderts. Und die Qualität? Es gibt von allem, wie beim Krämer: das Gute ist immer selten. Gleich welcher Wert ihnen zukommen mag, befriedigen diese Lieder ein psychisches Bedürfnis, das genauso stark ist wie vor drei Jahrhunderten. Besser gesagt: wie vor Jahrtausenden.

Nun ich dieses Thema berühre, stoße ich erneut auf ein Manko. Von den namhaften zeitgenössischen Dichtern haben sehr wenige darauf Wert gelegt, die traditionellen Gattungen zu pflegen. Das war eine sträfliche Unterlassung. Die traditionellen Gedichte und Lieder sind unser reinstes und lebendigstes Erbe. Es ist dies eine Tradition, die es in allen Sprachen gibt und die in der unseren besonders reich ist. Sie entsteht zusammen mit der Sprache, bringt den Romancero hervor, überquert das Meer und breitet sich auf dem amerikanischen Kontinent aus. Viele dieser Gedichte sind anonym, andere sind das Werk unserer größten Dichter, eine bewundernswerte Verschmelzung des Kollektiven mit dem Individuellen. Die Wiedergeburt der spanischen Dichtung im ersten Drittel des 20. Jahrhunderts verdankte sich zum großen Teil dem belebenden Einfluß der traditionellen Lyrik, die von Bécquer und nach ihm von Juan Ramón Jiménez sowie von Antonio und Manuel Machado bewahrt und geläutert wurde. Wir in Amerika hatten weder einen García Lorca noch einen Rafael Alberti, es gab lediglich das kurze Aufflackern der negriden Poesie. Doch so attraktiv die Formen der traditionellen Lieder und Romanzen auch sein mögen, für die zeitgenössische volkstümliche Dichtung gibt es keinen Grund, diese Vorbilder nachzuahmen. Die Dichter müssen Formen und Rhythmen suchen, die der Sprache und dem Leben unserer Städte adäquater sind. Ein Beispiel für die Poesie, die sich dem Geist der Tradition verpflichtet fühlt, doch deren Formen nicht wiederaufnimmt, ist der französische Dichter Jacques Prévert, ein Surrealist. Die angeführten Fälle – man könnte noch Brecht hinzurechnen – sind Einzelfälle. Vielleicht werden sich die Dichter von morgen entschließen, dieses unübersehbare Gebiet, das die Volksseele ist, zu erkunden.

Manch einer wird überrascht die Augenbrauen hochziehen, weil nicht auch »engagierte Dichter« erwähnt wurden, als von der Dichtung der Stadt die Rede war. Die politische Dichtung war in der ersten Hälfte des 20. Jahrhunderts von großer Bedeutung, doch sehr wenig von dem, was in diesen Jahren geschrieben wurde, hat die Universalität wahrer Dichtung erreicht. Ihre Autoren hielten sich zu sehr an die Nachricht und waren vom eigentlichen Geschehen weit entfernt. Die Nachricht wird in Propaganda überführt, während das Geschehen jäh sich ereignende Geschichte ist. Es ist eine enigmatische Wirklichkeit, die wir entschlüsseln müssen, um nicht verschlungen zu werden ... Und die Geschichte hat die »engagierten Dichter« verschlungen. Sie glaubten an die Gerechtigkeit und an die Emanzipation der Menschen, aber ihr Glaube war blind, und sie tauschten Unterdrücker gegen Tyrannen aus. Es fehlte ihnen der Durchblick; besser gesagt, die *Vision*. Deshalb sind ihre Dichtungen in weniger als dreißig Jahren gealtert. Die Geschichte der politischen Dichtung des 20. Jahrhunderts, in ihren beiden Manifestationen, dem

»sozialistischen Realismus« und der »engagierten Dichtung«, ist eines der sonderbarsten Phänomene unserer Zeit: die Faszination, die autoritäre Regime auf viele Künstler und Intellektuelle ausübten. Das Geheimnis der »totalitären Verführung«, wie Revel es genannt hat, ist psychologischer und historischer Art; es gehört in das Gebiet der moralischen Verirrungen und des kollektiven Wahns. Vielleicht waren zwei Faktoren ausschlaggebend: der ausgeprägte Hang zum Absoluten und die Idolatrie der Macht. Die Idee und der Cäsar. Es wurde über dieses Thema viel geschrieben, doch das Rätsel hat man nicht völlig gelöst.

Wiederholt habe ich auf diesen Seiten auf eine wesentliche Tatsache angespielt. Ich meine das Phänomen der Unpopularität der neuen Dichtung, gefolgt von der Sanktionierung der geächteten Werke Jahre später. Mit geradezu astronomischer Regelmäßigkeit, worin man sehr wohl das geheimnisvolle Walten der alten »poetischen Gerechtigkeit« sehen kann, beginnen die Dichter des modernen Zeitalters ihr Werk im Schatten der Öffentlichkeit, danach sind sie Zielscheibe von Satiren und Gegenstand des Spottes, und am Ende werden sie stets in öffentlichen Sühne- und Beatifikationszeremonien sanktioniert. Bisweilen kommt die Anerkennung *post mortem*. Nicht immer: Eliot, Neruda und Valéry wurden zu lebenden Mythen. Schon zu seiner Zeit hatte Baudelaire auf den zyklischen Charakter des Phänomens hingewiesen und in seinen *Conseils aux jeunes littérateurs* schreibt er die folgenden Sätze, die die neuen Dichter von 1990 mit Gewinn lesen könnten: »Was jene betrifft, die sich mit Talent der Poesie widmen, rate ich ihnen, sie mögen sie nie aufgeben. Die Poesie ist eine der ergiebigsten Künste; doch handelt es sich um eine Investition, die erst spät Zinsen bringt – dafür allerdings sehr hohe. Ich fordere die Neider auf, mir gute Verse zu zitieren, die einen Verleger ruiniert haben.«

Ich habe vom Buchmarkt gesprochen, nicht von den neuen Kommunikationsmitteln. Ich möchte nicht auf den Streit darüber zurückkommen, was man den Nihilismus der Technik genannt hat, noch auf die Beziehung zwischen dieser und der Dichtung. Ich habe diesem Thema verschiedene Essays gewidmet.* Ich weise nur darauf hin, daß ich in ihnen versucht habe, den essentiellen Gegensatz zwischen der modernen Technik und der Dichtung aufzuzeigen. Erstere ist kein Bild der Welt, sondern eine Methode, ein Verfahren, dessen Zweck es ist, die Welt zu verändern und, in gewisser Weise, zu verdrängen; letztere ist immer eine Vision der Welt gewesen. Trotzdem habe ich darauf aufmerksam gemacht, daß sich die Dichtung bereits der neuen Kommunikationsmittel bedient, und habe den Dichtern geraten, sie mit größerer Kühnheit und Phantasie zu nutzen. Die Dichtung war in allen Gesellschaften zu Hause, und sie hat sich all der Kommunikationsmittel bedient, welche diese Gesellschaften ihr boten, von den Schildkrötenpanzern und Tritonshörnern bis zu den edlen Musikinstrumenten, von der Inschrift auf einem Ziegelstein

* Der älteste ist *Los signos en rotación*, 1964 (deutsch: »Die rotierenden Zeichen«), zuerst für sich als »poetisches Manifest« veröffentlicht (*Sur*, 1965) und später in die zweite und endgültige Ausgabe von *El arco y la lira*, 1967 (deutsch: »Der Bogen und die Leier«), aufgenommen, wo er als Schlußkapitel erscheint. Der zweite Essay ist *La nueva analogía*: *Poesía y Tecnología*, 1967, wieder aufgenommen im ersten Teil, *La modernidad y sus desenlaces*, von *El signo y el garabato*, 1973. Der dritte ist *El pacto verbal*, 1980, enthalten in *Hombres en su siglo*, 1984.

bis zur illuminierten Handschrift, vom Buch bis zur Schallplatte und zum Tonband.

Wie das öfter geschieht, koinzidierten meine ersten Reflexionen über diese Themen mit einigen meiner dichterischen Versuche: visuelle Poesie, Texte in Bewegung und die Originalausgabe eines Gedichts, *Blanco*, in dem ich auf eine andere als die übliche Weise die beiden Achsen des Schreibens und des Lesens von Gedichten, das Räumliche und das Zeitliche, kombinieren wollte.* Im Falle von *Blanco* wollte ich ein Buch entwerfen, dessen Seiten und dessen Typographie die physische Projektion einer geistigen Erfahrung wären: die Lektüre eines Gedichts, das sich zugleich im Raum und in der Zeit entfaltet. Diese Versuche führten schließlich zur Anerkennung der ungeahnten und noch unerforschten Möglichkeiten des Filmstreifens und des Fernsehschirms. Beide sind das Äquivalent der Buchseite. Lose Blätter, wie Mallarmé sie sich wünschte, doch die zugleich eine Eigenschaft besitzen, die er sich nie erträumt hat: die Bewegung. Bewegliche Seiten, auf denen ein beweglicher Text erscheint. Raum, der verstreicht: Zeit.

Am Anfang war die Dichtung oral: ein aufsteigender Strahl aus Versen, das heißt aus rhythmischen verbalen Einheiten, die nacheinander in einem unsichtbaren Raum aus Luft auftauchen und verschwinden. Góngora vergleicht den dichterischen Diskurs mit dem Dahinströmen eines Flusses; aber der Fluß fließt zwischen zwei Ufern, während der verbale Strahl des

* *Blanco*, 1966: (deutsch: *Weiß*, in »Suche nach einer Mitte«); *Discos visuales*, 1968; *Topoemas*, 1968; *Anotaciones/Rotaciones*, 1974. *Discos visuales* wurde realisiert in Zusammenarbeit mit Vicente Rojo und *Anotaciones/Rotaciones* mit Toshihiro Katayama.

Gedichts aufsteigt und in der Luft verströmt. Er ist Zeit in ihrer reinsten Form. Später stützte sich die Dichtung auf die Schrift; seitdem hat sie sich des Schriftzeichens und des gesprochenen Wortes bedient. Beide Traditionen haben eine parallele Entwicklung genommen, auch wenn sie sich ständig verbinden und einander kreuzen. In manchen Ländern und Epochen wurde den graphischen Zeichen der geschriebenen Dichtung ein visuelles Element hinzugefügt: chinesische, japanische, arabische und persische Kalligraphie; illuminierte Handschriften; von großen Künstlern illustrierte Gedichte und Bücher; ungewöhnliche Typographien. Einer der Höhepunkte dieser Tradition in der Moderne ist *Un coup de dés* von Mallarmé. Dieses Gedicht ersetzt die metrische Dichtung durch eine visuelle Kompostion, die von einer anderen Prosodie regiert wird. Ein Spiel subtiler Entsprechungen zwischen der Typographie – Anordnung und Varietät der Lettern auf der Seite – und der Ausdrucksweise des Gedichts. Eine geistige Ausdrucksweise: mit den Augen und dem Geist gesagte und gehörte Worte.

In allen schriftlichen Formen der Dichtung steht das graphische Zeichen immer im Dienst des Gesprochenen. So ausdrucksvoll oder subtil die Kalligraphie eines chinesischen Gedichts auch ist, der aufmerksame Leser *hört im Geiste* hinter dem eleganten oder energischen Schriftzug die Worte des Textes, dessen Wortmusik. Das kalligraphische Blatt ist ein Gewebe von Schriftzügen, die Laute und Bedeutungen bezeichnen. Gleiches ist der Fall bei der typographischen Komposition von *Un coup de dés*. Daher fordert Mallarmé im Vorwort seines Gedichts dazu auf, es laut zu lesen:

»Cet emploi à nu de la pensée avec retraits, prolongements, fuites, ou son dessin même, résulte, pour qui veut lire à haute voix, une partition.« (»Aus dieser Darbietung des Gedanklichen im Rohzustand mit allem Zurücknehmen, Hinausziehen, fugenartigem Entweichen ergibt sich für einen, der laut lesen mag, eine Partitur.«) Selbst in Apollinaires Kalligrammen, die fast rein visuell sind, ist das gesprochene Wort, das Lautelement, Träger des gezeichneten und geschriebenen Textes. Eine der Schwächen der poetischen Theorie des Surrealismus war ihre Geringschätzung der poetischen Prosodie. Eine Haltung, die übrigens durch die Praxis der surrealistischen Dichter widerlegt wird: Ihre Texte sind reich an Wortspielen und Kollisionen zwischen Laut und Bedeutung. In keiner anderen literarischen Gattung ist die Verbindung zwischen Laut und Bedeutung derart eng wie in der Poesie. Ebendies ist es, was das Gedicht von den anderen literarischen Formen unterscheidet, es ist sein wesentliches Merkmal. Das Gedicht ist ein rhythmischer verbaler Organismus, ein Gegenstand aus gesprochenen und gehörten, nicht geschriebenen und gelesenen Worten.

Jetzt mag man die wahre Bedeutung des öffentlichen Lesens von Gedichten verstehen. Es ist eines der vorher erwähnten hoffnungsvollen Zeichen. Eine Rückkehr zum Ursprung der Dichtung, zu ihrer Quelle. So gesehen sind die Möglichkeiten des Bildschirms immens. In erster Linie befreit uns die wachsende Popularität der Videokassetten von der Tyrannei der Publikumsakzeptanz und begünstigt ein pluralistisches Publikum. Des weiteren: Auf dem Bildschirm treffen die beiden großen dichterischen Traditionen, die schriftliche und die mündliche, zusammen. Der

Bildschirm ist eine Seite, die, schon durch ihre Dimensionen, Entwürfe von noch komplexeren Kompositionen als die Mallarmés erlaubt. Außerdem erscheinen die Worte in verschiedenen Farben und, ein substantieller Unterschied, in Bewegung. Zudem verwandelt sich das Blatt in eine belebte Fläche, die atmet, vorbeizieht und die Farben wechselt. Zugleich läßt sich die menschliche Stimme, besser gesagt, lassen sich die Stimmen mit den Worten verbinden und kombinieren. Und zuletzt: Die visuellen Bilder und die Lautelemente können, anstatt bloßer Schmuck zu sein, zu organischen Teilen des Gedichtkörpers werden.

In verschiedenen Städten und voneinander unabhängig haben einige von uns begonnen, den Bildschirm für die Projektion unserer Gedichte zu verwenden. Die Schwierigkeiten sind enorm – ich für meine Person muß gestehen, daß ich noch nicht klarsehe –, aber immens sind auch die Perspektiven, die sich nach und nach eröffnen. Ich bin überzeugt, daß aus den auf den Bildschirm projizierten Gedichten eine neue dichterische Form hervorgehen wird. Diese Gattung wird sich auf die Verbreitung und die Rezeption von Gedichten nicht weniger stark auswirken als das Buch und die alte Typographie. Auch wird sie schließlich die Einheit zwischen den beiden bevorzugten Sinnen des Menschen vollziehen: das Sehen und das Hören, das Bild und das Wort. Sehr bald, dessen bin ich mir sicher, wird sie die an sie gestellte Forderung des ästhetischen Vergnügens und der dichterischen Erfahrung erfüllen können: das Fest und die Kontemplation. Ersteres ist eine Kunst der Teilnahme und der Kommunion; letztere ist ein stilles Zwiegespräch mit dem Universum und mit uns selbst. Im künftigen

Gedicht, gehört und gelesen, gesehen und vernommen, müssen sich die zwei Erfahrungen verbinden. Fest und Kontemplation: Auf der belebten Fläche des Bildschirms wird die Typographie ein Quell farbiger und sich bewegender Zeichen, Zeichnungen und Bilder; ihrerseits werden die Stimmen eine Geometrie von Echos und Reflexen entwerfen, ein Gewebe aus Luft, Lauten und Bedeutungen, die sich miteinander verflechten.

4.
Die andere Stimme

Bei der Niederschrift dieser Reflexionen habe ich immer wieder, nicht ohne Melancholie, an die Kämpfe denken müssen, die wir, einige Dichter, Schriftsteller und Künstler, während vieler Jahre in verschiedenen Ländern geführt haben. In meiner Jugend gegen den »sozialistischen Realismus«, eine Doktrin, welche die Literatur dem Diktat eines Staates und einer Partei unterwerfen wollte, die im Namen der Befreiung der Menschheit Monumente zum Ruhm der Knute und des Stiefels errichtete. Später dann die Querelen um die »engagierte Literatur«. War Sartres Idee konfus, so waren die Interpretationen, zu denen sie, insbesondere in Lateinamerika, Anlaß gab, fatal. Man mußte sie mittels der Kritik ausräuchern. Ich bereue diese Kämpfe nicht; sie haben sich gelohnt. Heute setzen sich die Künste und die Literatur einer anderen Gefahr aus: Es bedroht sie nicht eine Doktrin oder eine allmächtige politische Partei, sondern ein gesichtsloser und richtungsloser ökonomischer Prozeß. Der Markt ist zirkulär, unpersönlich, unparteiisch und unerbittlich. Manch einer wird sagen, daß er auf seine Weise gerecht ist. Mag sein. Doch er ist blind und taub, er liebt weder die Literatur noch das Risiko, er versteht es nicht, auszuwählen. Seine Zensur ist nicht ideologisch: er hat keine Ideen. Er versteht etwas von Preisen, nicht von Werten.

Ich weiß, es ist unmöglich, gegen den Markt anzukämpfen oder seine Funktion und seine Vorteile zu negieren. Trotzdem wird jetzt, da der totalitäre

Sozialismus allen Anzeichen nach zusammenbricht und die demokratische Gesellschaft nicht länger bedroht, ein neues politisches und soziales Denken vielleicht weniger verdrießliche Formen des Austauschs entwerfen können. Das ist meine sehnlichste Hoffnung. Nachdem die grausamen Utopien, die unser Jahrhundert mit Blut besudelt haben, zerronnen sind, ist nun die Zeit gekommen, eine durchgreifende, klügere und menschlichere Reform der freiheitlichen kapitalistischen Gesellschaften in Angriff zu nehmen. Und das gilt natürlich auch für die Völker an der Peripherie, die man unter dem fragwürdigen Namen Dritte Welt zusammenfaßt. Vielleicht gelingt es diesen verarmten Nationen – nacheinander Opfer archaischer Tyrannen und geriebener Demagogen, habgieriger Oligarchien und in die Gewalt verliebter delirierender Intellektueller –, durch die Desaster dieser Jahrzehnte gewitzigt, politische Gesundheit und mit ihr ein wenig Wohlstand zu erlangen. Kein vernünftiger Mensch kann sich im Glauben wiegen, daß die Krise, die heute jene Länder erschüttert, die unter dem kommunistischen bürokratischen Despotismus gelebt haben, nicht auch die übrige Welt erfassen wird. Wir erleben eine Zeitenwende: keine Revolution, sondern, in der alten und tiefen Bedeutung des Wortes, eine Umkehr. Eine Rückkehr zum Ursprung, die zugleich eine Wende hin zum Anfang ist. Nicht das Ende der Geschichte erleben wir, wie ein nordamerikanischer Professor formuliert hat, sondern einen Neubeginn. Ein Wiederaufleben verschütteter Wirklichkeiten, ein Wiederauftauchen des Vergessenen und Verdrängten, das, wie des öfteren in der Geschichte, zu einer Regeneration führen kann. Die Wende hin zum Ursprung ist fast immer eine Umkehr: Erneuerung, Wiedergeburt.*

In der zweiten Hälfte des 18. Jahrhunderts entsteht eine komplexe und mächtige Strömung von Ideen, Empfindungen, Bestrebungen und Träumen (einige licht und klar, andere irrsinnig), die sich in der Französischen Revolution und im Unabhängigkeitskrieg der Vereinigten Staaten kristallisieren. Mit ihnen beginnt unsere Geschichte, die Geschichte unserer Zeit. Die aus den zwei großen Revolutionen hervorgegangene Bewegung durchzieht das 19. Jahrhundert wie ein Fluß, der zutage tritt, verschwindet und erneut auftaucht. Im Laufe der Zeit verändert sich die Bewegung; indem sie sich verändert, kehrt sie unablässig zu ihrem Ursprung zurück. Ihr Auftauchen war jedesmal begleitet von neuen Ideen und Hypothesen, Utopien, gesellschaftlichen und politischen Reformprogrammen. Die Philosophien der Aufklärung wurden modifiziert; neben dem liberalen Denken eines Tocqueville oder eines Stuart Mill tauchten Ideologien auf, die sich nach einer vermeintlich besseren Vergangenheit zurücksehnten, und andere, die der Gegenwart ebenso kritisch gegenüberstanden und die Morgenröte einer freieren, einer gerechten und friedlichen Menschheit in der Zukunft sahen. Bald wurden aus den Utopien revolutionäre Programme, oft mit wissenschaftlichem Anspruch. Die große Verirrung des vergangenen Jahrhunderts war es, in der Wissenschaft das Fundament zu suchen, das die Philosophie der Antike in der Vernunft oder in der Göttlichkeit gesucht hatte. Der Marxismus zum Beispiel versuchte, ohne auf die ererbte Dialektik Hegels

* Vgl. *Corriente alterna*, 1967, insbesondere den dritten Teil, und *Tiempo nublado*, 1983, Kapitel IV und V.

(»Logik des Scheins«) zu verzichten, sich die Beiträge Ricardos zur Wissenschaftstheorie zunutze zu machen und später, mit weniger Berechtigung, die Evolutionstheorie Darwins.

Die anarchistischen und sozialistischen Doktrinen waren das starke politische und gesellschaftliche Ferment der zweiten Hälfte des 19. Jahrhunderts. Doch in unserem Jahrhundert wurde der Prozeß gradueller Veränderung, den viele Sozialisten und Demokraten vorhersahen, durch zwei große Kriege, gefolgt von gewaltsamen Revolutionen in einem Teil Europas und in Asien, unterbrochen. Die aus der bolschewistischen Version des Marxismus hervorgegangenen totalitären Regime waren für den Sozialismus ein Rückschlag. Ein neuer Beweis für die beschränkte Schmiedbarkeit der historischen Materie, die den Ansprüchen der Theorie immer trotzt. Heute erleben wir die eindrucksvolle Widerlegung des sogenannten »wissenschaftlichen Sozialismus«. Seine Gläubigen müssen notgedrungen zugeben, daß diese Regime niemals sozialistisch noch wissenschaftlich waren. Aber wird das Scheitern dieses schrecklichen Experiments auch die libertären und egalitären Aspirationen der anarchistischen und sozialistischen Denker des vergangenen Jahrhunderts in Mißkredit bringen? Ich glaube nicht. Angesichts der Ungerechtigkeit des kapitalistischen Systems haben sich diese Männer gewisse Fragen gestellt. Diese Fragen sind noch nicht beantwortet.

Es ist wahr, daß das kapitalistische System eine ungewöhnlich große Fähigkeit zur Erneuerung bewiesen hat: Gleichzeitig mit der Potenzierung seiner Effizienz hat es sich reformiert und ist humaner geworden. In der westlichen Welt herrscht der Überfluß, und es gibt einen sehr großen und prosperierenden Mittelstand, der weite Schichten des Proletariats mit einschließt. Abgesehen davon, daß dieser Wohlstand nur einen Bruchteil der Menschheit erreicht, wie könnte man verhehlen oder leugnen, daß es in den am höchsten entwickelten Ländern immer noch Ungleichheit und Ungerechtigkeit gibt? Auch andere bedauerliche Aspekte der Konsumgesellschaft kann man nicht ignorieren oder bagatellisieren. Der Überfluß hat die Europäer und die Nordamerikaner weder besser noch klüger und auch nicht glücklicher gemacht. Um unser ästhetisches Defizit und unsere moralische und geistige Erbärmlichkeit zu ermessen, braucht man nur an einen Athener des 5. Jahrhunderts v. Chr., an einen Römer zu Zeiten Trajans und Marc Aurels oder an einen Florentiner des 15. Jahrhunderts zu denken.

Die Programme der sozialistischen und libertären Schriftsteller waren oft naiv und simplizistisch; andere waren brutal und despotisch. Dennoch können weder die Mängel, Lücken, Irrtümer und Übertreibungen dieser Programme noch deren kolossales historisches Scheitern die Legitimität der Fragen, die diese Männer sich stellten, annullieren. Mir scheint, die Stunde ist nicht fern, da wir uns diese oder ähnliche Fragen stellen müssen. Höchstwahrscheinlich werden unsere Antworten andere sein. Nichts ist natürlicher. Doch werden sie von ähnlichen Motiven inspiriert sein, und sie werden ähnliche Erwartungen befriedigen müssen. Die Fragen, auf die ich mich beziehe, sind von grundlegender Bedeutung. Sie tauchen mit der Geburt des modernen Zeitalters auf, und in ihnen ist, einem Samenkorn gleich, die ganze Geschichte unserer Zeit enthalten, ihre Chimären und ihre Widersprüche, ihre Verirrungen und ihre Erleuchtungen. Diese Fragen lassen sich, ohne zu simplifizieren, reduzieren auf die Beziehung zwischen den drei kardinalen Worten der modernen Demokratie: Freiheit, Gleichheit, Brüderlichkeit. Die Beziehung zwischen ihnen ist zweifelhaft, wenn nicht gar problematisch. Es gibt Widersprüchliches zwischen ihnen: welche Brücke kann sie verbinden?

Meines Erachtens ist das zentrale Wort der Triade *Brüderlichkeit*. In ihm verbinden sich die beiden anderen. Freiheit kann es ohne Gleichheit geben und Gleichheit ohne Freiheit. Erstere, für sich allein, vertieft die Ungleichheit und leistet der Tyrannei Vorschub; letztere unterdrückt die Freiheit und macht sie am Ende zunichte. Ihr Nexus ist die Brüderlichkeit, die Tugend, die sie humanisiert und harmonisiert. Ihr anderer Name ist Solidarität, ein lebendiges Erbe des Christentums, eine moderne Version der alten Caritas. Eine Tugend, die weder die Griechen noch die Römer kannten; sie liebten die Freiheit, aber echtes Mitleid war ihnen fremd. In Anbetracht der natürlichen Unterschiede zwischen den Menschen ist Gleichheit ein ethisches Bestreben, das ohne Despotismus oder brüderliches Handeln nicht verwirklicht werden kann. Meine Freiheit trifft zwangsläufig auf die Freiheit des anderen und versucht sie zunichte zu machen. Die einzige Brücke, die diese beiden feindlichen Schwestern versöhnen kann – eine Brücke durch Umarmung –, ist Brüderlichkeit. Auf diese schlichte und einfache Tatsache könnte sich schon bald eine neue politische Philosophie gründen. Nur Brüderlichkeit vermag den zirkulären Alptraum des Marktes zu verscheuchen. Ich weise darauf hin, daß ich diesen Gedanken lediglich imaginiere oder, genauer gesagt, in Aussicht stelle. Ich sehe ihn als Erbe der doppelten Tradition der Moderne: der liberalen und der sozialistischen. Ich glaube nicht, daß man diese Tradition wiederholen darf; man muß sie überschreiten. Das wäre eine wahre Erneuerung.

Im Licht dieser Ideen oder, besser gesagt, Hoffnungen, erlangt die anfängliche Frage – Wer liest Gedichte? – ihre wahre Bedeutung. In der Vergangenheit gehörten die Leser von Gedichten der Führungsschicht an: griechische Bürger, römische Patrizier und Ritter, Geistliche des Mittelalters, Höflinge der Barockzeit, Intellektuelle des Bürgertums. In vielen Fällen waren diese Leser große Herrscher wie Perikles, Augustus oder Adrianus; andere waren schwache, aber sensible Monarchen wie Philipp IV. (»unseren guten König« nennt ihn Manuel Machado) und der unglückliche Kaiser Hsüan Tsung; wieder andere waren aufgeklärte Autokraten, wie Friedrich der Große. Im modernen Zeitalter vollzieht sich der große Wandel: Seit der Romantik waren die Leser von Gedichten, wie die Dichter selbst, die Einsamen und Nonkonformisten. Bürgerliche Dichter und Leser, die jedoch gegen ihre Herkunft, ihre Klasse und die Moral ihrer Welt rebellierten. Dies gereicht dem Bürgertum zum Ruhm, der Gesellschaftsschicht, die die Macht mit der Waffe des kritischen Denkens ergriff und die nicht aufgehört hat, sie zu gebrauchen, um sich selbst und ihre Werke zu analysieren. Die Gewissensprüfung und die sie begleitenden Gewissensbisse, ein Vermächtnis des Christentums, waren und sind das stärkste Mittel gegen die Übel unserer Zivilisation.

In der Tradition der Kritik und der Rebellion der Moderne nimmt die Dichtung einen zugleich zentralen und peripheren Platz ein. Zentral, weil sie von Anbeginn ein wesentlicher Teil der großen Strömung der Kritik und Subversion war, die das 19. und 20. Jahrhundert durchzog. Fast alle unsere großen Dichter haben zu irgendeinem Zeitpunkt an diesen Befreiungsbewegungen teilgenommen. Die Singularität der modernen Dichtung besteht jedoch darin, daß sie der Ausdruck von Wirklichkeiten und Bestrebungen war, die tiefer und älter sind als die intellektuellen Geometrien der Revolutionäre und die Ideengefängnisse der Utopisten. In einem ihrer Extreme berührt die Dichtung die elektrisierende Grenze der Visionen und religiösen Eingebungen. Deshalb war sie abwechselnd – und in gleich radikaler Weise – revolutionär und reaktionär. So ist es kein Wunder, daß alle ihre Liaisons und Konversionen stets in Trennungen und Apostasien endeten. Seit ihrer Geburt im jähen Licht des romantischen Wetterleuchtens, das die Symmetrien des 18. Jahrhunderts zerbrach, bis zum blutigen Dämmer unserer Epoche ist die moderne Dichtung immer eine eigensinnige und hartnäckige Heterodoxie gewesen. Eine unablässige Zickzackbewegung, eine ständige Rebellion gegen alle Doktrinen und Kirchen; zugleich eine nicht minder beständige Liebe für die erniedrigten Wirklichkeiten, die den fideistischen Manipulationen und den rationalistischen Spekulationen trotzen. Dichtung: der Stein des Anstoßes der Moderne.

Zwischen der Revolution und der Religion ist die Dichtung die *andere* Stimme. Ihre Stimme ist eine *andere*, weil sie die Stimme der Passionen und Visionen ist. Sie ist von einer anderen Welt – und sie ist von dieser Welt, sie ist alt – und sie ist von heute, ihr Alter ist datenlos. Eine häretische und schismatische Dichtung, eine unschuldige und perverse Dichtung, rein und morastig, himmlisch und subterran, eine Dichtung der Einsiedlerklause und der Eckkneipe, eine Dichtung der Nähe und immer auch einer Ferne, die hierselbst ist. Alle Dichter hören in diesen langen oder kurzen, sich wiederholenden oder vereinzelten Augenblicken, in denen sie wirklich Dichter sind, die *andere* Stimme. Sie ist die ihre – und sie ist die fremde, sie ist die von niemandem und die aller. Nichts unterscheidet den Dichter von anderen Männern und Frauen außer diese Augenblicke – die selten sind, auch wenn sie oft wiederkehren –, in denen er, während er er selbst ist, ein *anderer* ist. Ist es ein Besessensein von fremden Kräften und Mächten, das Aufbrechen eines im Innersten seines Seins verschütteten psychischen Fundus oder eine außergewöhnliche Fähigkeit, Worte, Bilder, Laute und Formen zu verbinden? Es ist nicht einfach, auf diese Frage zu antworten. Jedoch glaube ich nicht, daß es nur eine *Fähigkeit* ist. Und wenn dem so wäre, woher kommt sie? Ob es nun das eine oder andere ist, jedenfalls gemahnt die radikale Fremdheit des dichterischen Phänomens an ein Leiden, das noch auf die Diagnose des Arztes wartet. Die alte Medizin, wie auch die Philosophie, beginnend mit Platon, schrieben die dichterische Gabe einer psychischen Störung zu. Sie war ein Wahn, das heißt, heiliger Wahnsinn, Enthusiasmus, Verzückung. Indes ist der Wahn nur ein Pol der Störung; der andere ist die *absentia*, die innere Leere, dieses »melancholische Gähnen«, von dem der Dichter spricht. Fülle und Leere, Flug und Sturz, Begeisterung und Melancholie: Dichtung.

Die psychische und gesellschaftliche Singularität des Dichters tritt stärker zutage, wenn man seine soziale

Herkunft berücksichtigt. Alle modernen Dichter, abgesehen von einem halben Dutzend Aristokraten, gehörten dem Mittelstand an. Alle hatten sie eine Universitätsausbildung; einige waren Rechtsanwälte oder Journalisten, andere Ärzte, Professoren, Diplomaten, Werbeagenten, Bankiers, Kaufleute, kleine oder hohe Beamte. Einige wenige, wie Verlaine und Rimbaud, waren Parasiten und Deserteure der Gesellschaft. Doch Verlaine bezog eine kleine Rente, und Rimbaud war ein Drop-out der Provinzbourgeoisie. Kurz, sie alle waren Produkt der großen historischen Schöpfung der Moderne: des Bürgertums. Und ebendeshalb waren sie alle ohne Ausnahme heftige Feinde der Moderne. Feinde und Opfer. Insofern waren sie, ein neues Paradoxon, ganz und gar modern. Heterodox, wenn sie, wie Eliot, die Ordnung preisen oder, wie Claudel, sich bekreuzigen oder, wie Brecht und Neruda, leninistische Litaneien psalmodieren; anarchistisch, wenn sie, wie Pound, das Weihrauchgefäß schwenken, um einen als Cäsar maskierten Demagogen zu beweihräuchern ... Alle, Dichter in Uniform oder in Lumpen, Dichter und Dichterinnen, Dichter jeden und keines Geschlechts, aller Berufe, Glaubensanschauungen, Parteien und Sekten, Dichter, die durch die Welt vagabundieren, und Dichter, die ihre Stadt, ihr Viertel, ihr Zimmer nie verließen, sie alle haben, nicht von außen, sondern in ihnen selbst (Schwall, Grollen, Donner) die *andere* Stimme gehört. Nie die Stimme von »hier und jetzt«, die moderne, sondern die von dort, die andere, die des Anfangs.

Die Singularität der modernen Dichtung verdankt sich nicht den Ideen oder der Einstellung des Dichters: sie rührt von seiner Stimme. Besser gesagt: vom Ton seiner Stimme. Es ist eine undefinierbare, unverwechselbare Modulation, durch die die Stimme zwangsläufig eine *andere* wird. Sie ist das Merkmal der ursprünglichen Andersartigkeit. Die antimoderne Modernität unserer Dichtung, hin- und hergerissen zwischen der Revolution und der Religion, schwankend zwischen dem Weinen Heraklits und dem Lachen Demokrits, ist eine wahre Überschreitung. Aber eine fast immer unabsichtliche Überschreitung. Sie erwächst, wie ich schon sagte, einer ursprünglichen Andersartigkeit; sie ist weder etwas Hinzugefügtes noch ein künstliches Element, sondern die der Dichtung im modernen Zeitalter eigene Seinsweise. Die Ursache dieser Singularität ist historisch. Ein Gedicht kann modern sein durch seine Themen, seine Sprache und seine Form, doch seinem eigentlichen Wesen nach ist es eine antimoderne Stimme. Das Gedicht drückt Wirklichkeiten aus, die mit der Moderne nichts zu tun haben: Welten und psychische Schichten, die nicht nur älter sind, sondern auch gefeit gegen die Wandlungen der Geschichte. Seit dem Paläolithikum war die Dichtung bei allen menschlichen Gesellschaften zu Hause; es gibt keine Gesellschaft, die nicht die eine oder andere Form der Dichtung gekannt hat. Und obgleich sie einem Heimatboden und einer Geschichte verhaftet ist, hat sie sich in jeder ihrer Manifestationen stets einem transhistorischen Jenseits geöffnet. Ich meine kein religiöses Jenseits: ich spreche von der Wahrnehmung der *anderen Seite* der Wirklichkeit. Sie ist eine allen Menschen in allen Sprachen gemeinsame Erfahrung, die, wie mir scheint, allen Religionen und Philosophien voraufgeht.*

In der von der Logik des Marktes und, in den kom-

* Vor vielen Jahren, im zweiten Teil von *Der Bogen und die Leier*, habe ich mich bemüht, diese Erfahrung zu erhellen.

munistischen Ländern, von der Logik der Effizienz regierten Welt ist Dichten eine Tätigkeit, deren Ertrag gleich Null ist. Seine Produkte sind schlecht verkäuflich und zu kaum etwas nutze (außer als Propaganda in den Diktaturen und totalitären Ideokratien). Für den modernen Geist, auch wenn er es sich nicht eingesteht, ist Poesie in unnötige Dinge verwandelte Energie, Zeit und Talent. Das Gedicht: eine verbale Form von geringem Nutzen und spottbillig. Dichtung: Aufwand, Verausgabung, Verschwendung. Doch allen Widerständen zum Trotz ist die Dichtung in Umlauf und wird gelesen. Dem Markt trotzend, hat sie kaum einen Preis; gleichwohl geht sie von Mund zu Mund, wie die Luft. Ihr Wert und ihre Nützlichkeit sind nicht meßbar: ein Mensch, reich an Poesie, kann ein Bettler sein. Auch kann man Gedichte nicht horten: man muß sie ausgeben. Das heißt: sie sprechen. Ein großes Mysterium: Das Gedicht enthält Dichtung unter der Voraussetzung, daß es sie nicht behält; es ist dazu bestimmt, sie weiterzugeben, sie auszuteilen wie der Krug, der Wein und Wasser ausschenkt. Alle Künste, insbesondere die Malerei und die Bildhauerei, sind, weil sie Formen sind, *Dinge*; deshalb kann man sie für sich behalten oder verkaufen oder aus ihnen Spekulationsobjekte machen. Auch die Dichtung ist dinghaft, ist etwas, aber sehr wenig; sie besteht aus Worten, ist ein Mundvoll Luft, nimmt im Raum keinen Platz ein. Im Gegensatz zum Gemälde zeigt das Gedicht weder Bilder noch Figuren: es ist eine verbale Beschwörung, die bewirkt, daß beim Leser oder beim Zuhörer gedankliche Bilder hervorsprudeln. Man hört die Dichtung mit dem Gehör, doch man sieht sie mit dem Verstand. Ihre Bilder sind Zwitterwesen: sie sind Gedanken und sie sind Formen, sie sind Laute und sie sind Stille.

Bevor ich zum Schluß komme, muß ich, was ich gesagt habe, wiederholen. Die Zwietracht zwischen Dichtung und Moderne ist nicht akzidentiell, sondern konsubstantiell. Der Gegensatz zwischen beiden wird offenbar mit dem Beginn unserer Epoche, mit den ersten Romantikern. Das Paradox ist, daß diese Unvereinbarkeit eine, vielleicht *die* zentrale Eigenschaft der modernen Dichtung ist; zudem macht diese Unvereinbarkeit sie annehmbar für den Leser, der in ihr ein Bild seiner eigenen Situation sieht. Nur die modernen Menschen können so rigoros und ungeniert antimodern sein, wie es alle unsere großen Dichter waren. Die Moderne, auf der Kritik gründend, strahlt auf natürliche Weise die Kritik ihrer selbst ab. Die Dichtung war eine der stärksten und lebhaftesten Manifestationen dieser Kritik. Doch ihre Kritik war weder rational noch philosophisch, sondern leidenschaftlich und wurde im Namen von Wirklichkeiten geübt, welche die Neuzeit ignorierte oder negierte. Die Dichtung hat der Moderne widerstanden, und indem sie sie verneinte, hat sie sie neu belebt. Sie war ihre Entgegnung und ihr Antidot. Hiermit kehre ich zum Anfang meiner Betrachtung zurück.

Wir sind heute, allen Anzeichen nach, Zeugen eines anderen großen Wandels. Wir wissen nicht, ob wir das Ende oder die Erneuerung der Moderne erleben. Welche Funktion wird an dieser Zeitenwende die Dichtung haben können? Wenn, wie ich glaube und hoffe, ein neues politisches Denken entsteht, werden seine Initiatoren die *andere* Stimme hören müssen. Sie wurde von den revolutionären Ideologen unseres

Jahrhunderts nicht gehört, und das erklärt, wenigstens zum Teil, das große Scheitern ihrer Pläne. Es wäre fatal, wenn die neue politische Philosophie diese vom modernen Menschen verhehlten oder begrabenen Wirklichkeiten ignorierte. Die Funktion der Dichtung während der letzten zwei Jahrhunderte war es, uns an die Existenz dieser Wirklichkeiten zu erinnern; die Funktion der Dichtung von morgen kann keine andere sein. Ihre Aufgabe wird nicht darin bestehen, das Denken mit Ideen zu nähren, sondern es, wie in diesem Moment, an das zu erinnern, wovon es im Laufe von drei Jahrhunderten starrsinnig nichts hat wissen wollen. Die Dichtung ist die Bild gewordene Erinnerung, und das Bild ist Stimme geworden. Die *andere* Stimme ist nicht die Stimme des Jenseits: sie ist die des Menschen, der in der Tiefe eines jeden Menschen schlummert. Sie ist tausend Jahre alt und ist so alt wie wir und ist noch nicht geboren. Sie ist unser Ahn, unser Bruder und unser Urenkel.

Natürlich kann man nicht wissen, welche Richtung die Gesellschaften und die Völker im 21. Jahrhundert einschlagen werden. Vielleicht ist dieses neue Denken, dem es obliegt, die großen Fragen, mit denen das moderne Zeitalter begann, zu beantworten, nur ein schöner Wunsch, eine Hoffnung, etwas, das sein könnte und von der Geschichte vereitelt wird. Das aber wäre schrecklich, zumal es in vielen Teilen der Welt bereits beunruhigende Anzeichen für die Wiederkehr des alten religiösen und nationalistischen Fanatismus und des Stammeskults gibt. Es tauchen erneut Glaubensanschauungen auf, und es werden Emotionen frei, die vom liberalen Rationalismus wie auch von den Regimen, welche die Maske des

»wissenschaftlichen Sozialismus« zur Schau trugen, unterdrückt wurden. Diese Glaubensanschauungen und diese Leidenschaften waren tödlich, und sie werden es wieder sein, wenn wir nicht fähig sind, sie zu absorbieren und zu sublimieren.

Jenseits des Schicksals, das die Zukunft für die Menschen bereithält, scheint mir eins evident: Die Institution des Marktes, die heute ihren Höhepunkt erreicht hat, ist dazu verurteilt, sich zu ändern. Sie ist nicht ewig. Kein Menschenwerk ist es. Ich weiß nicht, ob sie dank der Weisheit der Menschen geändert werden wird, durch eine andere, bessere ersetzt werden kann, oder ob sie an ihrer Maßlosigkeit und ihren Widersprüchen zugrunde gehen wird. Im letzteren Fall könnte sie die demokratischen Institutionen mit in den Ruin ziehen. Eine Möglichkeit, die mich schaudern macht, denn dann würde für uns eine finstere Zeit anbrechen, wie das in der Geschichte mehr als einmal geschehen ist. Man denke nur an das Ende der griechisch-römischen Welt, an den Verfall der Zivilisationen in Indien und China oder an die jahrhundertelange Lethargie, in die der Islam verfiel. Was immer geschehen mag, klar ist, daß die ungeheure, dumme und selbstmörderische Vergeudung der natürlichen Ressourcen bald aufhören muß, wenn die Menschen auf der Erde überleben wollen. Der Grund für diese gigantische Verschwendung von Reichtümern – von gegenwärtigem und zukünftigem Leben – ist der zirkuläre Prozeß des Marktes. Er ist von großer Effizienz, aber richtungslos, und sein einziges Ziel ist es, immer mehr zu produzieren, damit immer mehr konsumiert wird. Die geistesstumpfe Politik der meisten Regierungen der unterentwickelten Länder, sowohl in Lateinamerika als auch in

Asien und Afrika, hat zur weltweiten Zerstörung und Kontamination der Seen, Flüsse, Meere, Täler, Wälder und Berge beigetragen. Keine Zivilisation war je beherrscht von einem so blinden, mechanischen und destruktiven Schicksal.

Die Situation, die ich soeben heraufbeschwor, wird in der unmittelbaren Zukunft eintreten, welche auch immer unsere politischen und sozialen Institutionen sein mögen, und unabhängig von unseren Glaubensanschauungen und Meinungen. Tatsächlich ist sie schon eingetreten, und die Umstände werden immer bedrohlicher. Man kann sogar ohne zu übertreiben sagen, daß das zentrale Thema dieses ausgehenden Jahrhunderts weder das der politischen Organisation unserer Gesellschaften noch das ihrer geschichtlichen Orientierung ist. Am vordringlichsten ist, zu wissen, wie wir das Überleben des Menschengeschlechts sichern wollen. Was kann angesichts dieser Realität die Aufgabe der Dichtung sein? Was kann die *andere* Stimme sagen? Ich habe schon angedeutet, daß, sollte ein neues politisches Denken entstehen, der Einfluß der Dichtung ein indirekter wäre: an gewisse verschüttete Wirklichkeiten erinnern, sie wiederbeleben und sie darstellen. Angesichts der Frage des Überlebens der Menschheit auf einer vergifteten und verödeten Erde kann die Antwort der Dichtung keine andere sein. Ihr Einfluß wäre, wie gesagt, ein indirekter: suggerieren, inspirieren und insinuieren. Nicht beweisen, sondern zeigen.

Die Verfahrensweise des dichterischen Denkens ist die Imagination, und diese besteht im wesentlichen in der Fähigkeit, gegensätzliche oder verschiedenartige Wirklichkeiten miteinander in Verbindung zu bringen. Alle dichterischen Formen und alle Sprachfiguren haben ein Merkmal gemeinsam: sie suchen, und entdecken häufig auch, verborgene Ähnlichkeiten zwischen verschiedenen Dingen. Im Extremfall vereinen sie die Gegensätze. Vergleiche, Analogien, Metaphern, Metonymien und andere Mittel der Dichtung: Sie alle trachten danach, Bilder zu schaffen, in denen das *dieses* und das *jenes*, das eine und das andere, die vielen und der eine miteinander paktieren. Das dichterische Verfahren begreift die Sprache als ein beseeltes Universum, durchzogen von einer doppelten Strömung der Anziehung und Abstoßung. In der Sprache wiederholen sich die Kämpfe und die Vereinigungen, die Affinitäten und die Trennungen der Zellen und der Gestirne, der Atome und der Menschen. Jedes Gedicht, gleich welches sein Thema und seine Form ist, gleich welche Ideen ihm Substanz verleihen, ist zuerst und vor allem ein kleiner beseelter Kosmos. Das Gedicht spiegelt die Solidarität der »zehntausend Dinge, die das Universum ausmachen«, wie die alten Chinesen sagten, wider.

Spiegel der kosmischen Brüderlichkeit, ist das Gedicht ein Modell dafür, was die menschliche Gesellschaft sein könnte. Gegenüber der Zerstörung der Natur zeigt es die Brüderlichkeit zwischen den Gestirnen und den Partikeln, den chemischen Stoffen und dem Bewußtsein. Die Dichtung schult unsere Imagination und lehrt uns so, Unterschiede zu erkennen und Ähnlichkeiten zu entdecken. Das Universum ist ein lebendiges Gewebe von Affinitäten und Gegensätzen. Lebendiger Beweis der universalen Brüderlichkeit, ist jedes Gedicht eine Lektion in Harmonie und Eintracht, auch wenn sein Thema der Zorn des Helden ist, die Einsamkeit des verlassenen Mädchens oder das Versinken des Bewußtseins im stillen Wasser des Spiegels. Die Dichtung ist das Antidot der Technik und des Marktes. Darauf reduziert sich, was in unserer und der kommenden Zeit die Funktion der Dichtung sein könnte. Nicht mehr? Nicht weniger.

Die Frage zu Anfang: Wie viele und welche Menschen lesen Gedichte? ist naturgemäß verbunden mit der des Überlebens der Dichtung in der modernen Welt. Ihrerseits impliziert diese Frage eine andere von größerer Dringlichkeit und Wichtigkeit: die nach dem Überleben der Menschheit selbst. Das Gedicht ist ein Überlebensmodell, das auf der Brüderlichkeit – Anziehung und Abstoßung – der Elemente, der Formen und der Geschöpfe des Universums gründet. Victor Hugo sagte es auf prächtige Weise: *Tout cherche tout, sans but, sans trêve, sans repos.* (»Alles ist auf der Suche nach allem, ohne Ziel, ohne Rast noch Ruh.«) Die Beziehung zwischen dem Menschen und der Dichtung ist so alt wie unsere Geschichte: sie begann, als der Mensch begann, Mensch zu werden. Die ersten Jäger und Sammler betrachteten sich erstaunt einen endlosen Augenblick lang im stillen Wasser eines Gedichts. Seither haben die Menschen nicht aufgehört, sich in diesem Spiegel von Bildern zu sehen. Und sie sahen sich zugleich als Schöpfer von Bildern und als Bilder ihrer Schöpfungen. Deshalb kann ich mit einiger Gewißheit sagen: Solange es Menschen gibt, wird es Dichtung geben. Aber die Beziehung kann zerbrechen. Sie entstand aus der menschlichen Fähigkeit par excellence, der Imagination; sie kann zerbrechen, wenn die Imagination stirbt oder verkommt. Sollte der Mensch die Dichtung vergessen, würde er sich selbst vergessen. Er würde ins Urchaos zurückfallen.

México, 1. Dezember 1989

Inhalt

36,–